KB082348

작가가 살려 쓰는
365
아름다운
우리말

2022년 1월 31일 제1판 제1쇄

지은이 김성동
엮은이 김영호
펴낸이 강봉구 · (사)대전민예총

펴낸곳 작은숲출판사
등록번호 제406-2013-000080호
주소 10880 경기도 파주시 신촌로 21-30(신촌동)
전화 070-4067-8560
팩스 0505-499-8560
홈페이지 http://www.littleforestpublish.co.kr
이메일 littlef2010@daum.net

ISBN 979-11-6035-129-3 03810
값은 뒤표지에 있습니다.

※이 책의 일부는 대전문화재단의 지원을 받아 제작되었습니다.

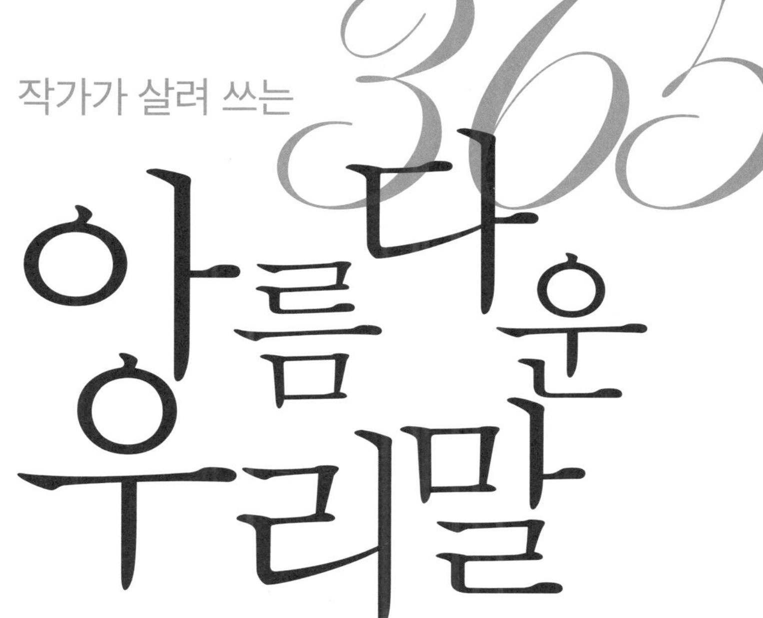

김영호 엮음, 김성동 감수

작은숲

차례

내포 지역 충청도 말에 바탕을 둔 아름다운 우리말을 하루에 하나씩 익혀 봅시다

충청도 말은 유독 느리고 길게 늘이는 특성이 있어 이를 빗댄 우스갯말도 많습니다. 돌이 굴러가는 위급한 상황에서 아들이 말을 길게 늘이는 바람에 아버지가 죽고 말았다는 얘기가 대표적입니다. 하지만 느려터진 충청도 사람이 가장 짧게 말하는 경우도 있습니다. 개개인의 식습관과 무관하게, 한여름 복날에 개고기를 즐기는 사람들이 주고받는 상황입니다. 상대가 개고기를 먹는지 그 취향을 물을 때, 충청도 사람은 딱 두 음절이면 됩니다. '개혀?'

이렇게 극단적인 대비가 가능한 게 바로 충청도 말입니다. 충청도 말의 이런 특성을 가장 잘 살려 쓰는 작가로 이문구와 김성동을 듭니다. 특히 두 작가의 고향이 우리 조선말의 본디 특성을 가장 잘 간직하고 있는 내포 칠읍이고, 또 도저한 한학 교양을 갖추고 치렁치렁한 만연체로 충청도 말의 유장함을 맛깔나게 구사한다는 점에서 유사점이 있습니다. 하지만 자신이 자라고 살던 고향의 언어에 대한 자각과 애정을 바탕으로, 아름다운 우리말로 살려내는 의도적 노력을 일관되게 해 온 작가는 역시 김성동이라 할 수 있습니다.

김성동은 충청도 말이 비스듬히 눕혀 길게 늘여 빼게 된 까닭을 역사에서 찾습니다. 그는 그 역사적 기원을 삼국시대에서 찾는데요. 백제와 신라의 팽팽한 대립과 막상막하의 전쟁 와중에 선부르게 어느 쪽 편을 들 수 없다보니, 나름의 보신책으로 될 수 있는 대로 천천히 그 속마음을 드러내게 되었다는 것입니다. 어느 편이 마지막 승자가 될지 알 수 없는 상황에서 그 판가름을 미룰 수밖에 없었던 서민들 나름의 슬픈 현실인 셈이지요. 이는 동족상잔의 한국전쟁에도 그대로 이어졌습니다. 충청도에서도 내포 칠읍 사람들에게 이런 경향이 두드러져, 내포야말로 가장 충청도의 참모습을 간직한 곳이 되었다는 것입니다.

김성동의 소설은 내포 지역이 간직해온 아름다운 우리말을 발견하는 즐거움을 줍니다. 하지만 낯선 우리말을 각주를 찾아보며 읽어야 하는 불편함을 호소하기도 합니다. 물론 모국어의 아름다움을 살려내 언어생활을 풍요롭게 해 주는 것이 작가 본연의 임무인 만큼, 그 가치와 업적은 충분히 인정하지만 가독성이 떨어져 독자층의 외면을 받는다는 지적도 있습니다. 이런 지적에 대해 김성동은 이렇게 말합니다.

"평론가들도 그렇고 독자들도 그렇고 제가 소설에 쓴 우리말이 어렵다는 말이 많습니다. 책에서 다루는 철학이 어려운 게 아니라 '우리말이 어렵다'는 겁니다. 출판사 대표들도 독자에게 맞춰야 하지 않느냐는 말을 합니다. 그러나 저는 '어려우니까 독자에게 맞춰야 한다.'는 말에 동의하지 않습니다. 오히려 읽는 자가 우리말을 모른다는 것을 부끄러워해야 한다고 생각합니다. 우리 진짜 문화, 우리 언어가 아버지 할아버지 시대 때 사라져버렸습니다. 그리고 사라지게 된 데에는 이유가 있습니다. 이 이유를 기억하고 우리 진짜 언어와 문화를 찾아야 합니다. 이렇게 우리말을 고집하는 것은 저의 고집이나 취미가 아닙니다. 제가 하는 작업이, 우리가 왜놈들에게 빼앗긴 것을 되찾는 일이 옳다고 믿기 때문입니다. 또한 진정한 독서는 읽는 자를 괴롭히는 겁니다. 술술 넘어가는 책은 책이 아닙니다. 그런 책은 덮으면 아무것도 남지 않는 오락거리일 뿐입니다."

『김성동 작가가 살려 쓰는 아름다운 우리말 365』는 작가의 우리말 살리기 노력을 적극 반영하면서도, 독자들이 아름다운 우리말을 언어생활 속에 활용할 수 있도록 하는 데 역점을 두었습니다. 그래서 일반적인 사전처럼 ㄱ부터 ㅎ까지 단어의 뜻풀이와 용례를 제시하지 않습니다. 김성동의 작품을 중심으로 내포 지역 충청도 말에 바탕을 둔 아름다운 우리말 중 우리가 기꺼이 살려 써 보고 싶은 말이나 관용어를 중심으로, 그 말이 쓰인 작품의 출처와 맥락을 앞에 제시한 뒤, 현재 일상에서 쓰는 말로 다시 풀어 써서 독자들이 이를 대비할 수 있게 했습니다. 이런 구체적 문맥의 대비를 통해 어느 쪽이 우리의 삶을 더 정겹고 실감나게 표현하는지 확인하고, 독자 스스로 자신의 언어생활에 적용해 볼 수 있도록 했습니다.

김성동의 가족사는 우리 현대사의 질곡이 압축돼 있습니다. 그의 소설은 그런 점에서 단순한 허구가 아닌 우리의 아픈 민족사입니다. 그는 자신의 작품에 대해 이렇게 말합니다.

"예전 어른들은 역사를 볼 수 있는 이만을 가리켜 사람史覽이라고 불렀습니다. 제가 장편소설 『국수』에서 쓴 바처럼, 작가는 사람史覽으로서 누군가에게 불편할 수 있는 민족의 역사를 끄집어내 직시하는 사람입니다. 저의 소설은 허구가 아니라 '다큐'입니다. 저에게 민족의 역사는 곧 저 자신의 역사입니다. 『만다라』에서는 종교를 통해, 『꽃다발도 무덤도 없는 혁명가들』에서는 역사가들이 제대로 조명하지 않는 사회주의 독립운동가를 통해, 『풍적』에서는 아버지의 억울한 죽음을 통해, 『국수』에서는 임오군란에서 갑오민중항쟁 직전까지 민중들의 삶을 통해 우리 역사에서 무엇이 잘못됐는지를 돌려 말했습니다."

우리는 충청도 토박이말을 중심으로 김성동의 소설을 다시 읽어가며, 우리 현대사를 되돌아보게 됩니다. 이 과정을 통해 독자들은 우리 역사를 제대로 볼 수 있는 사람이 되고, 나아가 우리말을 지키고 살려 쓰는 데에 작가와 함께하게 될 것입니다. 사전이 아니라 소설책 읽듯이 읽으며, 작가의 역사관과 우리말에 대한 천착과 자유로운 상상력에 몰입하는 즐거움 또한 얻을 것입니다. 물론 작가가 말했듯이 이 과정이 독자를 불편하게 하고 괴롭게 할 수도 있습니다. 하지만, 한 원로작가의 고백처럼 김성동의 작품은 영혼을 고양시키고 우리 마음을 넓혀 줌을 확인하는 계기가 됩니다. 하루에 하나씩이라도 아름다운 우리말을 알아보고 살려 써 봅시다.

2021년 12월

엮은이 김영호 두손모음

찔레꽃머리

음력 4월 찔레꽃이 필 무렵.

● **눈물의 골짜기** 이 많이 모자라는 중생을 소설가로 만들어준 사람은 우습게도 대전경찰서 대공과 사찰계 형사였으니, 1958년 찔레꽃머리였습니다.

이 많이 모자라는 중생을 소설가로 만들어준 사람은 우습게도 대전경찰서 대공과 사찰계 형사였으니, 1958년 음력 4월 찔레꽃이 필 무렵이었습니다.

눈자라기

아직 꼿꼿이 앉지 못하는 어린아이.

● **민들레꽃반지** 다시 한 번 숨을 삼키며 귀를 붙여보았지만 부엌 안에서는 아무런 소리도 들려오지 않았고, 큰일 났구나. 졸졸-졸졸- 눈자라기 오줌발 떨어지는 것 같은 소리일망정 물 나오는 소리가 들려오지 않는 것이니, 마침내 아래채 마저 수돗물이 끊어져버린 것이었고, 아아. 세굳차게 도머리치던 김씨는 어금니에 힘을 주며 부엌으로 들어갔다.

다시 한 번 숨을 삼키며 귀를 기울여 보았지만 부엌 안에서는 아무런 소리도 들려오지 않았고, 큰일 났구나. 졸졸-졸졸- 아직 꼿꼿이 앉지도 못하는 어린아이의 오줌발 떨어지는 것 같은 소리일망정 물 나오는 소리가 들려오지 않는 것이니, 마침내 아래채마저 수돗물이 끊어져버린 것이었고, 아아. 힘차게 도리질치던 김씨는 어금니에 힘을 주며 부엌으로 들어갔다.

비쌔다

사양하다.

● **민들레꽃반지** 젊은 뼉다귄디, 돌팍두 씹어 색일 젊은 뼉다귄디, 그깐느믜 호박죽 한그릇 더 뭇 색인다. 맛있는 별미라며 당신이 키워 쑨 호박죽을 자꾸만 더 먹으라고 했을 때 비쌔자 어머니가 했던 소리다.

젊은 뼈다귀인데, 돌멩이두 씹어 삭일 젊은 뼈다귀인데, 그깟놈의 호박죽 한그릇 더 못 삭인다고. 맛있는 별미라며 당신이 키워 쑨 호박죽을 자꾸만 더 먹으라고 했을 때 사양하자 어머니가 했던 소리다.

조닐로

제발 빌어서.

● **민들레꽃반지** 이만원쯤이면 될까? 콜비까지 합쳐 한 사만원이면 될라는가? 택시 운전사한테 어떻게 조닐로 부탁을 해볼 수는 있겠지만, 골칫거리는 어머니다. 어머니를 어떻게 대문까지 모시고 내려간다는 말인가.

이만 원쯤이면 될까? 콜비까지 합쳐 한 사만 원이면 될라는가? 택시 운전사한테 어떻게 빌어서 부탁을 해볼 수는 있겠지만, 골칫거리는 어머니다. 어머니를 어떻게 대문까지 모시고 내려간다는 말인가.

풀쳐생각

맺혔던 생각을 풀어버리고 스스로 위로함.

● **민들레꽃반지** 더구나 당신이 마지막 숨을 거두었던 곳이 건너다보이는 곳으로 와 집을 짓고 살며 아침저녁으로 정화수 떠놓고 비손하는 당신 각시를 추위에 떨게 해서는 안 될 것이었다. 그렇게 풀쳐생각할 수밖에 없는 김씨였는데, 그해 겨울이 끝날때까지 어머니 방은 식지 않았던 것이다.

더구나 당신이 마지막 숨을 거두었던 곳이 건너다보이는 곳으로 와 집을 짓고 살며 아침저녁으로 정화수 떠놓고 두 손 비비며 치성을 드리는 당신 각시를 추위에 떨게 해서는 안 될 것이었다. 그렇게 스스로 위로할 수밖에 없는 김씨였는데, 그해 겨울이 끝날때까지 어머니 방은 식지 않았던 것이다.

쥣다벙거지

우묵모자. '중절모자中折帽子'는 왜말임.

● **민들레꽃반지** '육군 병장 아무개'라고 새겨진 빗돌 앞에 하염없는 얼굴로 앉아 있는 허연 수염발에 쥣다벙거지 쓴 영감님과 온갖 깃발 든 국군 의장대며 '국방부 유해발굴 감식단'이라고 써진 무슨 가죽점퍼 같은 옷 입고 확대경처럼 생긴 기구로 해골을 비춰 보고 있는 모습, 그리고 '육군 하사 아무개'라고 새겨진 빗돌 앞에 태극기 들고 아그려쥐고 있는 어린이 모습이 박혀진 천연색 사진 아래 이렇게 적혀 있었다.

'육군 병장 아무개'라고 새겨진 빗돌 앞에 하염없는 얼굴로 앉아 있는 허연 수염발에 우묵모자 쓴 영감님과 온갖 깃발 든 국군 의장대며 '국방부 유해발굴 감식단'이라고 써진 무슨 가죽점퍼 같은 옷 입고 확대경처럼 생긴 기구로 해골을 비춰 보고 있는 모습, 그리고 '육군 하사 아무개'라고 새겨진 빗돌 앞에 태극기 들고 쪼그리고 있는 어린이 모습이 박힌 천연색 사진 아래 이렇게 적혀 있었다.

부대기

화전민. '부대앝'은 화전.

● **민들레꽃반지** 사십여 년 전 그러니까 칠십년대 첫때쯤 군사정권에서 부대기들 흩어버린 부대앝 자리에 잣나무를 심었던 곳이다. 그래서 잣물이라고 부른다고 한다.

사십여 년 전 그러니까 칠십년대 첫때쯤 군사정권에서 화전민들 흩어버린 화전 자리에 잣나무를 심었던 곳이다. 그래서 잣물이라고 부른다고 한다.

옛살라비

고향.

● **고추잠자리** 내 선고先考께서는 박동무朴同務와 이웃 마을에서 태어나 귀가 열리고부터 부집父執인 박동무 발자취 들으며 자라났으니, 열 살 전부터 벌써 박동무 동지가 되었음이라. 약관 나이에 이미 조선공산당에 들어갔고, 해방이 되면서 남조선노동당원이 되었으니, 옛살라비 전배인 박동무와 같은 길을 가고자 함에서였다.

내 돌아가신 아버지께서는 박동무박헌영와 이웃 마을에서 태어나 귀가 열리고부터 아버지 손윗사람 박동무 발자취 들으며 자라났으니, 열 살 전부터 벌써 박동무 동지가 되었음이라. 약관 나이에 이미 조선공산당에 들어갔고, 해방이 되면서 남조선노동당원이 되었으니, 고향 선배인 박동무와 같은 길을 가고자 함에서였다.

살푸슴

살풋웃음. 살포시 웃는 웃음. '미소'는 왜말임.

● **고추잠자리**　한번 그 마음을 돌려 공산사상을 버릴 것 같으면 정형正刑을 감하여 시나브로 자유를 준다고 하였으나, 씁쓸히 살푸슴하며 윈고개 치는 선고였다고 한다.

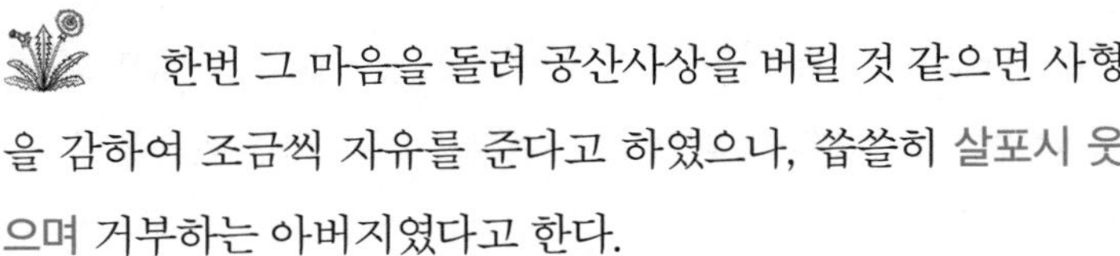

한번 그 마음을 돌려 공산사상을 버릴 것 같으면 사형을 감하여 조금씩 자유를 준다고 하였으나, 씁쓸히 살포시 웃으며 거부하는 아버지였다고 한다.

마안하게

끝없이 아득히 멀게.

● **고추잠자리** 열두고개 저 아래로 마안하게 보이는 빈 논바닥 위에 짐승처럼 엎드려 있는 것은 아직 볏가을도 못한 나락더미일 것이었다.

열두고개 저 아래로 아득하게 멀리 보이는 빈 논바닥 위에 짐승처럼 엎드려 있는 것은 아직 타작도 못한 나락더미일 것이었다.

외자욱산길

사람 다닌 자취가 잘 드러나지 않는, 나무꾼 · 약초꾼이나 겨우 다닐 만한 희미한 길.

● **고추잠자리** 사내는 눈살을 잔뜩 으등그려 붙인 채 옆으로 뚫린 외자욱산길을 바라보다가 매찌가 희끔희끔 말라붙어 거무튀튀한 바윗전에 궁둥이를 붙였다.

사내는 눈살을 잔뜩 웅크려 붙인 채 옆으로 뚫린 사람이 겨우 다닐 만한 희미한 길을 바라보다가 짐승의 똥이 희끔희끔 말라붙어 거무튀튀한 바위의 넓적한 가장자리에 궁둥이를 붙였다.

매나니

아무런 반찬이 없는 맨밥.

● **고추잠자리** "워너니 매나니라지먼…… 시울나붓이 담은 진지럴 이렇긔 뭇 잡수서서야……."
새댁이 민주스러운 낯빛으로 사내를 바라보았다. 까마무트름한 얼굴이 수련한 그 젊은 여자가 무슨 말을 할 듯 할 듯 여짓거리는데, 사내가 마른기침을 한번 하였다.

"워낙 반찬 없는 맨밥이라지만…… 밥그릇에 겨우 찰 만큼 담은 진지를 이렇게 못 잡수서서야……."
새댁이 면구스러운 낯빛으로 사내를 바라보았다. 검고 토실토실한 얼굴이 맑고 순한 그 젊은 여자가 무슨 말을 할 듯 할 듯 머뭇거리는데, 사내가 마른기침을 한번 하였다.

막서리

남의 집에서 막일을 해주며 사는 사람.

● **고추잠자리** 그 여자는 열여덟 살 때 혼인하였으나 지주 도마름인 늙은 남편이 술병으로 한 해가 못되어 죽고, 타끈하기 짝이 없는 지주집 업저지와 인간노리개와 요강담살이를 겸한 식모 같은 막서리로 있다가, 스물세 살 때인 지난 여름 광천읍내에서 목수일을 하던 변판대卞判大가 싸데려가 조선민주여성동맹 충청남도동맹 산하 홍성군맹 밑 광천읍맹위원회에 가맹하게 된 것이 한가위 때였다.

그 여자는 열여덟 살 때 혼인하였으나 지주 우두머리 마름인 늙은 남편이 술병으로 한 해가 못되어 죽고, 인색하기 짝이 없는 지주집 애를 돌보는 여자 하인 노릇과 아이 노리개 노릇도 하고 요강 닦는 일을 도맡고 식모처럼 막일을 해주는 사람으로 있다가, 스물세 살 때인 지난 여름 광천읍내에서 목수일을 하던 변판대卞判大가 모든 혼수를 장만해서 데려가 조선민주여성동맹 충청남도동맹 산하 홍성군맹 밑 광천읍맹위원회에 가맹하게 된 것이 한가위 때였다.

닷곱방

여느 방 반쯤 되는 작은 방.

● **고추잠자리** 　사내가 밤 잔 몸채 뒤 닷곱방에는 옷가지를 걸어두는 의걸이와 사과궤짝 같은 것에 종이를 발라 쓰는 책상 위로 남조선노동당 중앙 위원회 기관지인 〈노력인민〉과 〈앞길〉, 〈전진〉, 〈노력자〉 같은 책자와 남로당 외곽단체인 조선민주애국청년동맹 기관지인 〈애국청년의 벗〉이 석벌의집처럼 놓여 있었다.

사내가 밤 잔 몸채 뒤 여느 방 반쯤 되는 작은 방에는 옷가지를 걸어두는 의걸이와 사과궤짝 같은 것에 종이를 발라 쓰는 책상 위로 남조선노동당 중앙 위원회 기관지인 〈노력인민〉과 〈앞길〉, 〈전진〉, 〈노력자〉 같은 책자와 남로당 외곽단체인 조선민주애국청년동맹 기관지인 〈애국청년의 벗〉이 돌틈에 지은 벌집인 듯 엉성하게 만든 물건처럼 놓여 있었다.

손길재배

절할 때처럼 두 손을 마주 잡는 일.

● **고추잠자리** "저어 슨상님."

"예에?"

"저 인저 학상훈두 오일 수 있슈. 오여 보까유?" 하더니, 대답도 듣지 않고 콤콤 목을 고르고 나서 손길재배 마주 잡았다.

 "저어 선생님."

"예에?"

"저 인제 학생목표도 외울 수 있어요. 외워 볼까요?" 하더니, 대답도 듣지 않고 콤콤 목을 고르고 나서 두 손을 절할 때처럼 마주 잡았다.

사살낱

잔소리.

● 고추잠자리 "저 흠헌 열두고갤 늠으실 으른이 식전 아츰버텀 되헌 약주만 잡수시니……."
"허허. 괜치않다니께 대이구 그러시네."
손을 들어 새댁 사살낱을 밀막은 사내가 변서방을 바라보며
"뫽 맹동무덜두 다덜 무고허지유?"
하고 묻는데, 변서방 대꾸가 힘담없다.

"저 험한 열두고갤 넘으실 어른이 식전 아침부터 독한 약주만 잡수시니……."
"허허. 괜찮다니까 자꾸 그러시네."
손을 들어 새댁 잔소리를 못하게 막은 사내가 변서방을 바라보며
"목수동맹동무들도 다들 무고하지요?"
하고 묻는데, 변서방 대꾸가 풀이 죽고 기운이 없다.

초라떨다

경솔하게 굴다.

● **고추잠자리** "검정가히덜 독살 올러 있으니 양중이 허자구 그렇기 말려두 워너니 갱충 즉은 사람이라 갈비 휘넌 초라떨더니먼…… 빅보투쟁얼 허다가 여마릿꾼 퇴왜늠덜이 찔러박넌 바람이 그만."

"검정개들검은 제복 입은 경찰관들 독살 올라 있으니 나중에 하자고 그렇게 말려두 워낙 조심성이 없는 사람이라 갈빗대가 휘도록 경솔하게 굴더니만…… 벽보투쟁을 하다가 염탐꾼 토착왜놈들이 고발하는 바람에 그만."

늘찬

능란하고 재빠른.

● 고추잠자리 "빈서방!"

"예에?"

"긔념퉈쟁은 드틈읎이 치뤄져얍니다. 이왕 달포 늠게 늦어졌으니, 본때 있게 헤내야지유."

"림려 마세유. 뫽맹 동무덜이랑 늘찬 일솜씨루 단단히 차븨허구 있으니께유."

 "변서방!"

"예에?"

"기념투쟁은 빈틈없이 치러져야 합니다. 이왕 한 달 좀 넘게 늦어졌으니, 본때 있게 해내야지요."

"염려 마세요. 목수동맹 동무들이랑 능숙한 일솜씨로 단단히 준비하고 있으니까요."

올깨끼

올깨끼. 일찍 중이 된 사람. 어떤 일을 일찍 시작한 사람.

● **고추잠자리** 사내는 이윽한 눈빛으로 변서방 내외를 바라보았다.
"아줌니 오일췽이 뵈툉이 아니십니다. 올깨끼 노당원 동무덜두 잘못 오이넌 남노당원 학상훈얼 퇴씨 하나 안 틀리구 오이시니……."
"아이 참 슨상님두……."

사내는 은근한 눈빛으로 변서방 내외를 바라보았다.
"아주머니 외우는 총기가 보통이 아니십니다. 일찍 시작한 늙은 당원 동무들도 잘못 외우는 남로당원 학생훈을 토씨 하나 안 틀리고 외우시니……."
"아이 참 선생님도……."

조숙조숙

기운 없이 꾸벅꾸벅 조는 꼴.

● 고추잠자리　　밤새도록 인공기 게양투쟁과 봉홧불투쟁하느라 지쳤는지 조숙조숙 하던 변서방은 찔긋하더니, 쥐고 있던 술잔을 얼른 입에 털어넣었다.
"모두덜 사긔충천유우. 전번이 주신 청년을 위헌 세계이 윽사와 자본쥐이 한계 돌려 읽으며 학습튀쟁이 매진허구 있지유. 삐라튀쟁, 븩보튀쟁, 븽화튀쟁, 낙서튀쟁두 열심히 허구 있구유."

밤새도록 인공기 게양 투쟁과 봉홧불 투쟁하느라 지쳤는지 꾸벅꾸벅 졸던 변서방은 찔끔하더니, 쥐고 있던 술잔을 얼른 입에 털어넣었다.
"모두들 사기충천이에요. 저번에 주신 청년을 위한 세계의 역사와 자본주의 한계 돌려 읽으며 학습투쟁에 매진하고 있지요. 삐라투쟁, 벽보투쟁, 봉화투쟁, 낙서투쟁도 열심히 하고 있고요."

진동걸음

매우 바쁘게 서둘러 걷는 걸음.

● **고추잠자리** 당부를 한 다음 열두고개 쪽을 바라보며 진동걸음 치는데, "슨상니임!" 소리치며 새댁이 자축거리는 걸음으로 진둥한둥 좇아왔다. 그 애동대동한 여자사람이 "찬바람머리에 믄질 가실라믄 글력 팽긔실 텐디……. 재몬다외 늠으시다가 출출허실 때 볼가심이나 허시라구 핀 쬐끔 능슈. 그러구 슨빙대 됭무 만나시거던 즌헤주시구."

당부를 한 다음 열두고개 쪽을 바라보며 서둘러 바쁜 걸음 걷는데, "선생님!" 소리치며 새댁이 다리를 절며 서둘러 좇아왔다. 그 앳되고 젊은 여자가 "찬바람 부는 때에 먼 길 가실려면 기운 달리실 텐데……. 고개마루 넘으시다가 출출하실 때 입가심이나 하시라고 떡 조금 넣었어요. 그리고 선봉대 동무 만나시거든 전해주시고요."

꽃두레

큰아기. 숫색시. '처녀處女' 본딧말. 시집갈 나이 찬 숫색시는 몸에 꽃다발을 두른 것처럼 아름답다고 해서 붙여진 이름으로 휴전협정 때까지 쓰였음.

● **고추잠자리** 오른쪽 어깨에 메고 있는 것은 구구식 장총이었는데, 총구가 땅에 닿을 만큼 작은 키에 앳된 얼굴 계집사람이었다. 사내가 배낭끈을 잡은 손에 힘을 주었고, 잇꽃빛 헝겊으로 감태 같은 제물엣머리칼을 뒤로 질끈 묶은 꽃두레가 "내포."하고 말하자 사내가 "더기."하고 맞받았다.

오른쪽 어깨에 메고 있는 것은 구구식 장총일제가 개발한 4발 장전 총이었는데, 총구가 땅에 닿을 만큼 작은 키에 앳된 얼굴 여자였다. 사내가 배낭끈을 잡은 손에 힘을 주었고, 분홍빛 헝겊으로 감태 같은 자연 그대로 머리칼을 뒤로 질끈 묶은 숫색시가 "내포."하고 말하자 사내가"더기평평한 땅. 평야."하고 맞받았다.

뻘때추니

멋대로 짤짤거리며 쏘다니기를 좋아하는 계집아이. 효종孝宗이 북벌北伐을 위해 만주 호마胡馬를 사다 강화도에서 길렀는데. 갈기를 휘날리며 바닷가를 달리던 데서 나온 말. 대국을 치러 갈 때 타고 갈 말이라는 뜻에서 '벌대총伐大驄'을 말한다.

● **고추잠자리**　　대구 10월 항쟁 뒤부터 일떠서기 비롯한 빨치산 싸울아비어미들은 '비상선'이라고 불렀다.

"백쥐 슨상님 긔간 핑안허셨남유?"

뻘때추니같은 꽃두레가 꾸벅 고개를 숙여 보였고, 사내가 맞받아 고개를 숙였다.

"륌려지덕이루 잘 지냈소만, 달님동무두 빌고 읎었지유? 대장동무 이하 유격대 동무덜두?"

　대구 10월 항쟁 뒤부터 봉기하기 시작한 빨치산 전사들은 '비상선'이라고 불렀다.

"백제 선생님 그간 평안하셨나요?"

쏘다니기 좋아하는 계집애 같은 숫색시가 꾸벅 고개를 숙여 보였고, 사내가 맞받아 고개를 숙였다.

"염려 덕분에 잘 지냈소만, 달님동무도 별고 없었지요? 대장동무 이하 유격대 동무들도?"

꽃두루

총각 본딧말.

● 고추잠자리 두 사람이 덩거친 높게더기 지나 칡덩굴 다래넌출 더위잡아 오르는데, 너덜겅을 극터듬어 오를 때면 꽃두레가 메고 가는 장총 끝이 바윗전에 스치면서 파란 불꽃이 일었다. 아지트에 도착했을 때 사내가 "학습에 앞서 긴급 소식이 있는데…… 햇님동무는 어디갔나?" 하는데, "슨상님 오셨구먼유. 긔간 뵐고 읎으셨지유?" 하며 죽창 쥔 꽃두루가 나타났고, 뚜께머리에는 낙엽이 붙어 있었다.

두 사람이 우거져 거친 높고 평평한 땅을 지나 칡덩굴 다래 넝쿨을 끌어당기며 오르는데, 돌비탈을 간신히 기어오를 때면 숫색시가 메고 가는 장총 끝이 바위가장자리를 스치면서 파란 불꽃이 일었다. 아지트에 도착했을 때 사내가 "학습에 앞서 긴급 소식이 있는데…… 햇님동무는 어디갔나?" 하는데, "선생님 오셨네요. 그간 별고 없으셨지요?" 하며 죽창 쥔 총각이 나타났고, 층이 진 머리에는 낙엽이 붙어 있었다.

에멜무지로

헛일하는 셈 치고 시험 삼아. 단단히 묶지 않은 채로.

● **고추잠자리** 사내는 두 번째 길이었는데 접때는 덤부렁듬쑥하게 초목이 우거진 산길이어서 그랬던지 낙엽지는 늦가을에 와보니 생게맹게하고 어리뻥뻥한 것이 여기가 저기 같고 저기는 또 여기만 같아서 영 갈피를 잡을 수 없었다. 사내는 푸장나무로 에멜무지해 놓은 드날목을 바라보았다.

사내는 두 번째 길이었는데 저번에는 더부룩하게 초목이 우거진 산길이어서 그랬던지 낙엽 지는 늦가을에 와보니 낯설고 어리둥절한 것이 여기가 저기 같고 저기는 또 여기만 같아서 영 갈피를 잡을 수 없었다. 사내는 푸른 나무로 대충 가려놓은 드나드는 길목을 바라보았다.

달밑

소나무를 잘라낸 밑동.

● 고추잠자리　　책상으로 쓰는 달밑에 앉아 있던 해동무가 눈을 빛내는데, 백제가 바른손을 조금 들어올렸다.
"아아, 반란은 반동지배계급에서 쓰는 봉건시대 말투고…… 의거지. 인민대중들 지지를 받지 못하는 친왜친미 민족반역도배들이 세운 괴뢰정권을 뒤집어엎자고 일떠선 정의로운 애국애족 병정들이니, 혁명군이지. 암, 위대한 혁명군이고 말고."

책상으로 쓰는 소나무 밑동에 앉아 있던 해동무가 눈을 빛내는데, 백제가 바른손을 조금 들어올렸다.
"아아, 반란은 반동지배계급에서 쓰는 봉건시대 말투고…… 의거지. 인민대중들 지지를 받지 못하는 친왜친미 민족반역도배들이 세운 괴뢰정권을 뒤집어엎자고 일떠선 정의로운 애국애족 병정들이니, 혁명군이지. 암, 위대한 혁명군이고 말고."

다다

아무쪼록 힘 미치는 데까지. 될 수 있는 대로.

● 고추잠자리 "슨상님두 잡수셔야지유."
"난 안즉 시장허지가 않으니, 다다 많이덜 잡숴. 돌팍두 색일 나인듸……."
"그레두 슨상님이 믄저 잡숴야……."
"즁 그러먼 세뚜리루 허지."
쑥버무리 한 자밤을 떼어 입에 넣은 사내가 담배를 꺼내었다.

 "선생님도 잡수셔야지요."
"난 아직 시장하지가 않으니, 될 수 있는 대로 많이들 잡숴. 돌멩이도 삭일 나인데……."
"그래도 선생님이 먼저 잡숴야……."
"정 그러면 세 사람이 같이 먹기로 하지."
쑥버무리 한 손가락만큼 떼어 입에 넣은 사내가 담배를 꺼내었다.

고루살이

평등한 삶. 화백和白.

● **고추잠자리** 처음에는 짐승처럼 야생을 하다가 집단생활을 하게 된 것이 사회생활의 시초로서, 우리 인류의 사회생활, 곧 모둠살이는 고루살이인 것이다. 따라서 사회발전 층층대는 원시공산시대, 노예시대, 봉건시대, 자본주의시대, 사회주의시대로 발전되어 가는 것이다.

처음에는 짐승처럼 야생을 하다가 집단생활을 하게 된 것이 사회생활의 시초로서, 우리 인류의 사회생활, 곧 모둠살이는 평등한 삶인 것이다. 따라서 사회발전 단계는 원시공산시대, 노예시대, 봉건시대, 자본주의시대, 사회주의시대로 발전되어 가는 것이다.

되마중

마중받던 사람이 도리어 마중 나가는 것.

● **고추잠자리** 해동무와 달동무는 몽당연필심에 침을 발라가며 공책에 받아 적느라고 말이 없는데, 사내가 배낭을 짊어졌다. 트를 벗어나던 사내가 두 애빨치를 바라보더니, 되마중와 두 손을 나눠 잡았다.

해동무와 달동무는 몽당연필심에 침을 발라가며 공책에 받아 적느라고 말이 없는데, 사내가 배낭을 짊어졌다. 아지트를 벗어나던 사내가 두 어린 빨치산들을 바라보더니, 마중받던 사람이 도리어 마중 나가 두 손을 나눠 잡았다.

모뽀리

모두뽑기. 합창.

● 고추잠자리 　갓쉰동이 이야기를 하다보니 나절가웃쯤 되었는가. 외자욱산길을 걸어 내려가는 사내 귀에 노랫소리가 들려왔다. 꽃두레 꽃두루들이 모뽀리하는 그 소리는 민족주체세력 쪽 사람들이 모이면 조국해방투쟁 제삿상에 모셔진 님들을 추념하는 묵념과 함께 반드시 불려지고는 하는'혁명가요'였다.

갓쉰동이아버지가 오십에 낳았다는 연개소문 이야기를 하다 보니 반나절도 넘었는가. 좁고 희미한 산길을 걸어 내려가는 사내 귀에 노랫소리가 들려왔다. 숫색시 숫사내들이 합창하는 그 소리는 민족주체세력 쪽 사람들이 모이면 조국해방투쟁 제삿상에 모셔진 님들을 추념하는 묵념과 함께 반드시 불려지고는 하는 '혁명가요'였다.

지팡사리

소작인. 소작농.

● **고추잠자리** "꼭 곁방살이 하러 가셔야 되겠는지요?"
"곁방살이?"
"곁방살이지요. 비록 외세 치하에서 배메기농사를 짓는 지팡사리 처지올습니다만, 그래도 어엿한 내 집을 두고 북조선으로 올라가신다면, 북로당 사람들이 지은 집에 방 한 칸 빌려 들어가는 것과 무엇이 다르겠는지요?"

 "꼭 곁방살이 하러 가셔야 되겠는지요?"
"곁방살이?"
"곁방살이지요. 비록 외세 치하에서 소작인이 땅주인과 똑같이 나누는 농사를 짓는 소작인 처지입니다만, 그래도 어엿한 내 집을 두고 북조선으로 올라가신다면, 북로당 사람들이 지은 집에 방 한 칸 빌려 들어가는 것과 무엇이 다르겠는지요?"

벋버스름하다

서로 마음이 맞지 않아 관계가 탐탁하지 않은 데가 있다.

● **고추잠자리** "조선반도를 대소 방파제로 만들려는 미군정과 그 주구인 극우반동 한민당 무리에게 죽임을 당하시겠지만, 그것이 옳은 노선이 아닐까요. 그들과 멱치기를 벌이는 것이. 평양으로 간다한들 토지개혁으로 이미 토대를 닦은 북로당 사람들, 그러니까 청년장군을 비롯한 동만 빨치산 사람들이 조공 법통을 쥐고 계신 선생님을 부담스러워하지 않겠는지요? 벋버스름해진 지 이미 오래인 남로와 북로 사이에서……."

"조선반도를 대소 방파제로 만들려는 미군정과 그 앞잡이인 극우반동 한민당 무리에게 죽임을 당하시겠지만, 그것이 옳은 노선이 아닐까요. 그들과 목숨을 건 싸움을 벌이는 것이. 평양으로 간다 한들 토지개혁으로 이미 토대를 닦은 북로당 사람들, 그러니까 청년 장군김일성을 비롯한 동만주 출신 빨치산 사람들이 조선공산당 법통을 쥐고 계신 선생님을 부담스러워하지 않겠는지요? 서로 탐탁하지 않게 여긴 지 이미 오래인 남로와 북로 사이에서……."

033

살매

운명.

● **고추잠자리** 종파주의라는 칼로 내려치면서 조공법통을 인정하지 않는다는 것은 그 뒷몸인 남로 존재를 인정하지 않는다는 것이 되는데, 그렇다면 그 도꼭지인 선생님 살매는 어떻게 되는가?

종파주의라는 칼로 내려치면서 조선공산당 법통을 인정하지 않는다는 것은 그 뒷몸인 남조선노동당 존재를 인정하지 않는다는 것이 되는데, 그렇다면 그 우두머리인 선생님 운명은 어떻게 되는가?

새꼽빠지게

'새삼스럽게' 내포 말. 없는 새 배꼽이 빠진다는 말이니, '터 무니없이'라는 뜻.

● **고추잠자리** 그런데…… 새꼽빠지게 무슨 리괄이고 장만이며 또 먹뱅이라는 말인가? 먹뱅이라면 더구나 아조我朝 5백년에 서울을 두려뺏던 유일한 사람인 리괄 장군이 손아래 장수인 인숭무레기 기익헌과 리수백한테 목이 잘리던 데가 아닌가?

그런데…… 새삼스럽게 무슨 이괄이고 장만이며 또 먹뱅이라는 말인가? 먹뱅이라면 더구나 우리 조선 5백년에 서울을 점령했던 유일한 사람인 이괄 장군이 손아래 장수인 사리 분별없이 어리석은 기익헌과 이수백에게 목이 잘리던 데가 아닌가?

좀책

작은 책. 소책자.

● **고추잠자리** 사내는 힘껏 도머리를 치고 나서 배낭끈을 잡은 손에 힘을 주었다.
'갑오년 농군봉기와 3·1 혁명과 아울러 우리 조선민족 해방운동사에 길이 빛날 불멸의 3대투쟁'이라고 하였다. 지난 해 끝 무렵 나온 『동학란과 그 교훈』이라는 박동무가 쓴 좀책에 나온다.

사내는 힘껏 머리를 흔들고 나서 배낭끈을 잡은 손에 힘을 주었다.
'갑오년 농군봉기와 3·1 혁명과 아울러 우리 조선민족 해방운동사에 길이 빛날 불멸의 3대투쟁'이라고 하였다. 지난해 끝 무렵 나온 『동학란과 그 교훈』이라는 박동무가 쓴 소책자에 나온다.

하늘신폭

하늘 한끝에서 다른 한끝까지.

● **고추잠자리** 이제 긴짐승 꼬리처럼 휘감긴 산모롱이를 한 구비만 돌고 보면 산자락 밑으로 펼쳐진 논밭이 보일 것이었다. 잦은 길군악처럼 홍겨웁게 흘러가던 산길이 문득 멈추는 곳이었는데, 철 그른 늦가을비가 오시려는가. 저 멀리 하늘신폭 가득 매지구름 떴다.

이제 긴 짐승(뱀) 꼬리처럼 휘감긴 산모롱이를 한 굽이만 돌고 보면 산자락 밑으로 펼쳐진 논밭이 보일 것이었다. 경쾌한 관악곡처럼 흥겹게 흘러가던 산길이 문득 멈추는 곳이었는데, 필요 없는 늦가을비가 오시려는가. 저 멀리 하늘 끝까지 가득 비를 머금은 검은 구름이 떴다.

짯짯이

빈틈없이 세밀하게.

● **고추잠자리**　　왜제 때와 똑같은 그 경찰관들이었다. 지난 팔월 보름 저희들 말로 광복절에 맞춰 세워졌다는 남조선단독정부에서 보낸 경찰관들이 목쟁이목쟁이마다 지키고 서서 참빗으로 서캐 훑듯이 짯짯이 부릅떠빨고 있는 것이다.

　　일제강점기 때와 똑같은 그 경찰관들이었다. 지난 팔월 보름 저희들 말로 광복절에 맞춰 세워졌다는 남조선단독정부에서 보낸 경찰관들이 길목마다 지키고 서서 참빗으로 서캐 훑듯이 빈틈없이 세밀하게 눈을 크게 뜨고 노려보고 있는 것이다.

간잔조롬하다

어떤 일에 긴장하거나 추억에 잠겨 눈시울을 가늘게 좁히다.

● **고추잠자리** 그래서 잡게 된 광천에서 오서산 재몬다외 열두고개를 넘어오던 길이었는데, 아! 사내 눈자위가 간잔조롬하여졌다. 새악시와 하냥 넘던 산길이었다. 홍성군 홍동면 개여울에 있는 처가에 가려고 새악시를 조랑말 태워 넘던 자양길이었다.

그래서 잡게 된 광천에서 오서산 고개마루 열두고개를 넘어오던 길이었는데, 아! 사내 눈자위가 추억에 잠겨 가늘게 좁혀졌다. 새악시와 함께 넘던 산길이었다. 홍성군 홍동면 개여울에 있는 처가에 가려고 새악시를 조랑말 태워 넘던, 혼인 후 처음 처가에 가던 그 길이었다.

바자위다

헤매다.

● **고추잠자리** 갖춰 신은 새악시 옥색고무신 벗긴 새서방은 버선발을 주물렀고, "아아, 아아……" 한 걸음 한 걸음 옮길 때마다 새하얀 버선에 고무신 갖춰 신고 오이씨 같은 발이 보일 듯 말 듯 해야 된다는 시속時俗이었다. 발이 아파 네 방구석을 바자윌 만큼 꼭 끼게 신어야 하였고, 살이 보이지 않게끔 옷깃을 여미고 또 여며야 되는 홍색짜리였다.

갖춰 신은 새악시 옥색고무신 벗긴 새서방은 버선발을 주물렀고, "아아, 아아……" 한 걸음 한 걸음 옮길 때마다 새하얀 버선에 고무신 갖춰 신고 오이씨 같은 발이 보일 듯 말 듯 해야 된다는 당시 풍습이었다. 발이 아파 네 방구석을 헤맬 만큼 꼭 끼게 신어야 하였고, 살이 보이지 않게끔 옷깃을 여미고 또 여며야 되는 새색시였다.

삼푸리

소나무 · 잣나무 · 대나무가 가장 푸른 빛을 띠고 있으므로 '삼푸리'라고 한다. 통감권이나 읽은 진서세대는 '삼청三靑'이라고 하였다.

● **고추잠자리** 해설피 해가 넘어가고 있었다. 저만치 울틔로 접어드는 삼사미 드날목에 다옥한 삼푸리가 보였고, 사내는 걸음을 멈추었다.

햇빛이 약해지며 해가 넘어가고 있었다. 저만치 울틔(지명)로 접어드는 세 갈래 길 드나드는 길목에 우거진 소나무, 잣나무, 대나무가 보였고, 사내는 걸음을 멈추었다.

비슥맞은편

맞바로에서 벗어난 맞은편.

● **고추잠자리** 그리고 서낭당 돌담불에서 주운 헝겊으로 당감잇줄 삼아 헐렁해진 '지까다비'를 들메하고 나서 비슥맞은편 삼푸리 속 돌엄마한테 외 붓듯 가지 붓듯 도담도담 아들딸 잘 자라게 해 달라고 합장삼배한 다음 잰걸음을 쳤다.

그리고 서낭당 돌무더기에서 주운 헝겊으로 신발끈 삼아 헐렁해진 '지까다비왜인들 작업화'를 꼭 묶고 나서 맞은편 옆 소나무, 잣나무, 대나무 속 (아들딸 낳게 해 달라 치성드리던) 돌엄마한테 오이와 가지처럼 쑥쑥 아무 탈 없이 아들딸 잘 자라게 해 달라고 손을 모아 세 번 절한 다음 빠르게 걸었다.

가리고기

'갈비'는 동물 늑골을, '가리'는 식용 갈비를 뜻하여 가름하였음.
"날고기 보고 침 안 뱉는 사람 없고 익은 고기 보고 침 안 삼키는 사람 없다"고
비위에 거슬리는 시뻘건 갈비 생김새를 피해 보고자 하는 옛사람들 슬기였음.

● **고추잠자리** 맷고기가 아니라 가리고기를 몇 짝이라도 떼어갈 수 있었다. 사내가 입고 있는 속곳 속 주머니지킴에는 돈머릿수 큰 소절수가 들어 있었지만, 그것은 당사업에 쓸 군자금이었다.

소고기 몇 점이 아니라 식용 갈비를 몇 짝이라도 떼어갈 수 있었다. 사내가 입고 있는 속옷 속 주머니에 넣고 쓰지 않는 돈에는 액수 큰 어음이 들어 있었지만, 그것은 당 사업에 쓸 군자금이었다.

공골차다

야무지고 빈틈없다.

● **고추잠자리** 세상물정에 밝은 그 여자는 본마누라 친정 조카인 사내가 똑똑하고 공골차기가 마른건천에 돌팍 같은 '주의자'라는 것을 알고 있었지만, 두말없이 큰돈을 내주었던 것이다. 곁빈 친정 쪽에 잘난 사내가 없어 늘 뒤가 추웠던 그 여자는 끌밋한 사내를 볼 때마다 친조카였다면 얼마나 좋을까 싶어 불보살 명호를 불렀던 것이다.

세상물정에 밝은 그 여자는 본마누라 친정 조카인 사내가 똑똑하고 야무지기가 마른 시냇가의 돌멩이 같은 '(사회)주의자'라는 것을 알고 있었지만, 두말없이 큰돈을 내주었던 것이다. 쓸만한 사람이 없는 친정 쪽에 잘난 사내가 없어 늘 허전했던 그 여자는 순수하고 시원스런 사내를 볼 때마다 친조카였다면 얼마나 좋을까 싶어 불보살 이름을 불렀던 것이다.

쇠코잠방이에 등거리

농군이 여름에 입던, 굵은 베로 올이 성기게 짠 가랑이 짧은 홑고의사발잠방이와 소매 없는 웃옷.

● **고추잠자리** 쇠코잠방이에 등거리 걸치고 밀대모자 쓴 장삼이사張三李四로 동지를 만나러 다니며, 곤경에 처한 동지에게는 당신이 입은 옷도 벗어주고 지갑에 있는 돈도 덜어주기를 주저하지 않았으며, 이웃집이 밥을 굶으면 당신 밥을 주고 당신은 굶는 분이었지.

가랑이 짧은 홑고의사발잠방이에 소매 없는 웃옷을 걸치고 밀대로 만든 모자를 쓴 평범한 농민 모습으로 변장한 채 동지를 만나러 다니며, 곤경에 처한 동지에게는 당신이 입은 옷도 벗어주고 지갑에 있는 돈도 덜어주기를 주저하지 않았으며, 이웃집이 밥을 굶으면 당신 밥을 주고 당신은 굶는 분이었지.

비묻어오다

많지 않은 비가 멀리서부터 다가오다.

● **고추잠자리** 　베잠방이에 목수건 두른 농군들 풍물소리 대신 귀를 물어뜯는 재넘이 소리였는데, 보름치라도 한줄금 하려는가. 맞은바라기 미륵봉 위로 비묻어온다.

베잠방이에 목수건 두른 농군들 풍물소리 대신 귀를 물어뜯듯 산 꼭대기에서 내리 부는 바람 소리였는데, 보름에 내리는 비가 한줄기 내리려는가. 맞은 편으로 보이는 미륵봉 위로 적은 빗줄기가 다가온다.

풀솜할아버지

제 딸이 낳은 자식이라 느끼는 정이 풀솜처럼 따스하다고 해서 생긴 말로, 외할아버지를 일컫던 말이다. '풀솜할머니'는 외할머니를 일컫는 말이다.

● **멧새 한 마리** "륌려 마셔유, 아번님. 친정만 가먼 뭣버덤두 뮌장허넌 오라버니두 지시구…… 뮌국증부쪽 사람덜두 잘 아니께 걱정 읎슈. 이웅뵉이 순뵉이 풀솜할머니 풀솜할아부지두 안즉 중정허시니께."

"염려 마세요, 아버님. 친정만 가면 무엇보다도 면장하는 오라버니도 계시고…… (대한)민국정부 쪽 사람들도 잘 아니까 걱정 없어요. 영복이 순복이 외할머니 외할아버지도 아직 정정하시니까."

도망꾼의 봇짐

크고 어수선하게 꾸린 봇짐을 흉보아 비꼬는 말.

● **멧새 한 마리** 「우리나라 어머니」 부르던 아낙이 '도망꾼의 봇짐'을 쌌던 것은 '9 · 28 사변'이 난 지 한 달소수가 지났을 때였어라. 1950년 11월 중순으로, 자식놈 낯이라도 보고자 들렀던 옛살라비집에서 남편이 서청 출신 서울시경 특경대한테 잡혀간 이태 뒤였구나.

「우리나라 어머니」 부르던 아낙이 '크고 어수선하게 꾸린 봇짐'을 쌌던 것은 '9 · 28 사변'이 난 지 한 달이 조금 지났을 때였어라. 1950년 11월 중순으로, 자식놈 낯이라도 보고자 들렀던 고향집에서 남편이 서북청년단 출신 서울시경 특경대한테 잡혀간 이태 뒤였구나.

회똘회똘

길이 이리저리 구부러진 꼴.

● 멧새 한 마리　　물떠러지 소리를 내며 거세차게 쏟아져 내리던 오줌발이 무춤멎으며, 흡. 그 애동대동한 아낙은 옆에 놓았던 베보자기를 끌어당기며 솔푸데기 틈바구니 밑으로 머리를 낮추었다. 방금 내려온 재몬다외 쪽 회똘회똘한 외자욱길에서 두런거리는 소리가 났던 것이다.

폭포 소리를 내며 거칠고 세차게 쏟아져 내리던 오줌발이 놀라멎으며, 흡. 그 젊은 아낙은 옆에 놓았던 베보자기를 끌어당기며 수북한 소나무 틈바구니 밑으로 머리를 낮추었다. 방금 내려온 고개마루 쪽 이리저리 구부러진 한쪽으로만 발자취가 난 길에서 두런거리는 소리가 났던 것이다.

짬짜미

남몰래 둘이서만 짜고 하는 언약.

● 멧새 한 마리　　"두목짜 되넌 화상이 트에 있다구 혰것다?"
"그류."
"틀림 읎으렷다!"
"그렇다니께유. 빈판대 이으편네랑 꽃두레 빨찌산…… 그러니께 시누올케가 짬짜믜 허넌 소릴 이 두 구이루 뙥뙥이 들었다니께 대이구 그러신댜, 그러시길."

　　"두목 되는 사람이 아지트에 있다고 했겠다?"
"그래요."
"틀림 없으렷다!"
"그렇다니까요. 변판대 여편네랑 숫색시 빨찌산…… 그러니까 시누이 올케가 남몰래 둘이서 언약하는 소릴 이 두 귀로 똑똑이 들었다니까 자꾸 그러신데요, 그러시길."

중다버지

길게 자라 더펄더펄한 아이들 머리.

● 멧새 한 마리　　중다버지가 내는 밤 문 소리 뒤를 이어 무엇으로 땅을 찍는 소리가 났다.
"요오시이! 이느믜 오수산빨찌산늠덜두 오늘이 지삿날이다!"
수리목진 소리로 씹어뱉는 중년 사내 팔뚝에는 〈대한청년단 감찰부〉 완장이 채워져 있었다. 중년사내 이마에 잔주름이 잡히었다.

　길게 자란 머리를 더펄대는 사내가 내는 밤을 입에 문 듯한 소리 뒤를 이어 무엇으로 땅을 찍는 소리가 났다.
"요오시이좋아! 이놈의 오서산빨찌산놈들도 오늘이 제삿날이다!"
쉰듯한 소리로 씹어뱉는 중년 사내 팔뚝에는 〈대한청년단 감찰부〉 완장이 채워져 있었다. 중년 사내 이마에 잔주름이 잡히었다.

살그미

남몰래 살며시. 살그머니. 살그래.

● **멧새 한 마리** "그란듸 이 사람덜 됭작이 왜 이렇긔 굼뗘? 빨찌산 쌔려 잡구나서 뫽맹 것덜 죅쳐야넌듸……."
살그미 고개를 들어 내다보는 아낙 눈에 들어오는 것은 예닐곱은 되어 보이는 장정들이었다.

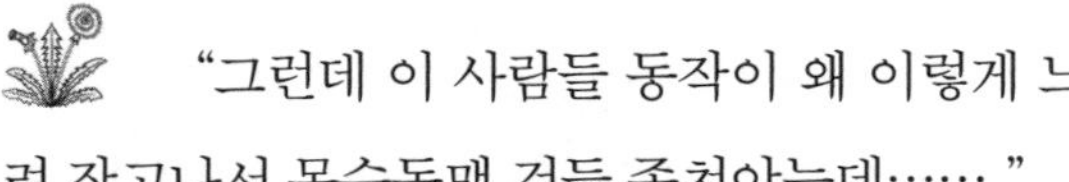

"그런데 이 사람들 동작이 왜 이렇게 느려? 빨치산 때려 잡고나서 목수동맹 것들 족쳐야는데……."
살그머니 고개를 들어 내다보는 아낙 눈에 들어오는 것은 예닐곱은 되어 보이는 장정들이었다.

내림줄기

예로부터 이어받아 지켜가는 것.

● 멧새 한 마리 저 갑오봉기 때 세워졌던 농촌자치조직, 곧 농촌쏘비에뜨인 집강소執綱所 내림줄기 이어받은 「인민위원회」 세에 눌려 찍짹 소리도 못하다가, 미군정이 쳐놓은 올가미인 「조선정판사사건」으로 좌익이 땅 밑으로 스며들자, 살그미 고개를 내어밀었던 것이다.

저 갑오봉기 때 세워졌던 농촌자치조직, 곧 농촌쏘비에뜨인 집강소執綱所 전통 이어받은 「인민위원회」 세에 눌려 찍 소리도 못하다가, 미군정이 쳐놓은 올가미인 「조선정판사사건」으로 좌익이 땅 밑으로 스며들자, 살그머니 고개를 내밀었던 것이다.

흰목을 잦히다

터무니없이 제 힘을 뽐내다. 흰목 재끼다.

● **멧새 한 마리** 미군정 뒷배 받아 큰소리치다가 리승만단독정부가 세워지면서 흰목을 잦혔는데, 6·25 사변이 터져 인공세상이 되면서 가뭇없이 사라지더니, 9·28 사변이 터지면서 다시 세를 얻게 된 것이었다.

미군정 보이지 않는 도움을 받아 큰소리치다가 이승만 단독정부가 세워지면서 힘을 뽐냈는데, 6·25 사변이 터져 인민공화국 세상이 되면서 흔적없이 사라지더니, 9·28 사변이 터지면서 다시 세를 얻게 된 것이었다.

알음알음

서로 아는 사이. 서로 가진 친분.

● 멧새 한 마리 그러나 알음알음으로 들려오는 풍김새만큼은 전과 달랐으니, 면맹에서 만나본 이들 낯빛이 그러하였다. 여맹이 짜여져 활기차게 돌아가던 칠팔구월과는 다르게 어딘지 풀이 죽어 있었다. 군맹에서 연락이 온 것은 시월에 접어들었을 때였다.

그러나 서로의 친분을 통해 들려오는 분위기만큼은 전과 달랐으니, 면동맹에서 만나본 이들 낯빛이 그러하였다. 여성동맹이 짜여져 활기차게 돌아가던 칠팔구월과는 다르게 어딘지 풀이 죽어 있었다. 군동맹에서 연락이 온 것은 시월에 접어들었을 때였다.

두레우물

여러 집에서 함께 쓰는 우물. 공동우물.

● **멧새 한 마리**　　표어가 씌어지고 걸려 있는 것은 구장네만이 아니었다. 마을 드날목에 있는 주막집 담벽에도 물방앗간 곳집에도 두레우물가 고목나무에도 걸려 있었으니-
"쓰딸린대원수 만세!"

표어가 씌어지고 걸려 있는 것은 구장네만이 아니었다. 마을 나들목에 있는 주막집 담벽에도 물방앗간 창고에도 공동우물가 고목나무에도 걸려 있었으니-
"쓰딸린대원수 만세!"

패어

밝혀.

● **멧새 한 마리** 인민군이 들어오기 전 저고리 한닢에 맏자식 혼백을 담아온 시아버지는 개짖는 소리도 끊어진 깊은 밤 지붕에 올라 그것을 구천九泉으로 날려보냈지만, 아낙은 믿고 싶지가 않은 것이었다. 믿을 수가 없었다. 밤을 패어 가면서 꾸민 도망꾼의 봇짐 속에 들어 있는 신문이다.

인민군이 들어오기 전 저고리 한 닢에 맏자식 혼백을 담아온 시아버지는 개 짖는 소리도 끊어진 깊은 밤 지붕에 올라 그것을 구천九泉으로 날려보냈지만, 아낙은 믿고 싶지가 않은 것이었다. 믿을 수가 없었다. 밤을 밝혀 가면서 꾸민 도망꾼의 봇짐 속에 들어 있는 신문이다.

외주물집

마당이 없고 안이 밖에서 들여다보이는 보잘것없는 집.

● **멧새 한 마리**　　산잘림 밑 외주물구석을 내려다 보는 아낙 눈가에 파 뿌리 같은 잔주름이 잡히었다. 외주물구석에서도 산잘림쪽으로 동떨어진 외주물집 비트에 눈길을 주던 아낙은 보자기에서 개떡을 꺼내었다. 그리고 왜군 병정들이 쓰던 군용 물통에 담긴 물 한 모금으로 목을 축인 다음 개떡을 입에 물었다.

산줄기가 끊어진 곳 밑 보잘것없는 집들이 모여 있는 곳을 내려다보는 아낙 눈가에 파 뿌리 같은 잔주름이 잡히었다. 보잘것없는 집들이 모여있는 곳에서도 산줄기가 끊어진 곳 쪽으로 동떨어진 마당 없는 보잘것없는 집 비밀 아지트에 눈길을 주던 아낙은 보자기에서 개떡을 꺼내었다. 그리고 왜군 병정들이 쓰던 군용 물통에 담긴 물 한 모금으로 목을 축인 다음 개떡을 입에 물었다.

보꾹

방이나 마루 천장을 펀펀하게 만들어 놓은 차림. 천장.

● 멧새 한 마리　　"사장 으르신 내오이분께 안부 즌헤디리구, 시상이 아무리 즌패된다지먼…… 안즉은 무고허다구. 워딜 가던 다다 몸조심 허구. 이응뵉이두 인저 입을 뗐으니 걱정헐 것 읎구."
장죽을 뽑아쥐고 보꾹을 올려다 보는 시아버지 성음은 가느다랗게 떨려나왔고, 아낙은 보따리를 잡은 손에 힘을 주었다.

"사돈 어르신 내외분께 안부 전해드리고, 세상이 아무리 뒤집어졌다지만…… 아직은 무고하다고. 어딜 가든 아무쪼록 몸조심 하고. 영복이도 이제 입을 뗐으니 걱정할 것 없고."
장죽을 뽑아쥐고 천장을 올려다 보는 시아버지 음성은 가느다랗게 떨려나왔고, 아낙은 보따리를 잡은 손에 힘을 주었다.

하마

벌써.

● **멧새 한 마리** 시아버지를 안심시켜 드리는 아낙 말소리에는 그러나 힘이 없었으니, 오라버니는 하마 이승 사람이 아닌 것이었다. 상년 그러께, 그러니까 해방된 3년 뒤 남조선단독정부가 세워지면서 오라버니는 친정곳 면장을 하였는데, 6·25 사변이 터지면서 저뉘로 가게 된 것이었다.

시아버지를 안심시켜 드리는 아낙 말소리에는 그러나 힘이 없었으니, 오라버니는 벌써 이승 사람이 아닌 것이었다. 작년 재작년, 그러니까 해방된 3년 뒤 남조선단독정부가 세워지면서 오라버니는 친정 지역 면장을 하였는데, 6·25 사변이 터지면서 저승으로 가게 된 것이었다.

공일空日

기독교가 들어와 '주일主日날' 이라는 일요일이 생겨나면서 관공서가 쉰다고 해서 생겼던 말임. '토요일'은 한나절만 일한다고 해서 '반공일半空日'이라고 하였음.

● **멧새 한 마리** 인민공화국 자치대 완장을 찬 청년 둘이가 집에 왔는데, 면장님을 모시러 왔다고 하더라는 것이다. 마침 공일이어서 늦은 아침을 먹고 아버지와 바둑을 두고 있던 오라버니가 무슨 일이냐니까 가보시면 안다며 면인민위원회까지 가기를 욱권하는 그들한테 친정어머니는 씨암탉을 잡아 이른 점심 대접까지 해서 보냈는데, 돌아오지 않는 오라버니였다고 한다.

인민공화국 자치대 완장을 찬 청년 둘이서 집에 왔는데, 면장님을 모시러 왔다고 하더라는 것이다. 마침 일요일이어서 늦은 아침을 먹고 아버지와 바둑을 두고 있던 오라버니가 무슨 일이냐니까 가보시면 안다며 면인민위원회까지 가기를 우겨대며 권하는 그들한테 친정어머니는 씨암탉을 잡아 이른 점심 대접까지 해서 보냈는데, 돌아오지 않는 오라버니였다고 한다.

애벌글

글초. 아시글. 초고草稿.

● **멧새 한 마리** 8·15 해방 5주년 기념일 다음 날 면인민위원 선거와 토지분배위원장과 남조선민주여성동맹위원장과 남조선민주애국청년동맹위원장을 뽑는 선거를 하였는데, 다음은『해방일보』보령군 통신원인 허철동 기자가 본사에 송고하였던 기사 애벌글이다.

8·15 해방 5주년 기념일 다음날 면 인민위원 선거와 토지분배위원장과 남조선민주여성동맹위원장과 남조선민주애국청년동맹위원장을 뽑는 선거를 하였는데, 다음은『해방일보』보령군 통신원인 허철동 기자가 본사에 송고하였던 기사 초고이다.

새납

날라리. 태평소太平簫. 호적胡笛. 나무로 만든 관에 여덟 구멍이 뚫리어 있고, 아래 끝에는 깔때기꼴 놋쇠를 대고, 윗부리에는 갈대로 만든 혀를 끼웠는데, 그곳에 입을 대고 붊. 병자호란 때 여진족이 들여왔음.

● **멧새 한 마리** 그러나 군중들은 헤여질생각도없이 밤늦도록 교정에서 풍물패를중심으로 무등춤 승무등을 북 징 장구 새납 등의 반주에맞추어 뜻깊은 이날을 마음껏 경축하였다.

그러나 군중들은 헤어질 생각도 없이 밤늦도록 교정에서 풍물패를 중심으로 무등춤 승무 등을 북 징 장구 날라리 등 반주에 맞추어 뜻깊은 이날을 마음껏 경축하였다.

다기차다

매우 담차고 야무지다.

● **멧새 한 마리** 정식 명칭은 오서산인민유격대 선전선동부장이었으나, 대장동무가 없을 때면 유격대 모두를 이끌고 나갔으니, 유격대장 맞춤이었다. 이십대 초반 꽃두레였으나 다기차고 공골차기가 똑 마른건천에 돌팍같은 사람이어서 어지간한 남성대원들은 겨뤄볼 생각도 못할 만큼 견결한 꽃두레빨치산이었다.

정식 명칭은 오서산인민유격대 선전선동부장이었으나, 대장동무가 없을 때면 유격대 모두를 이끌고 나갔으니, 유격대장에 딱 맞았다. 이십대 초반 숫색시였으나 담차고 야무지고 옹골차기가 똑 마른 시내의 돌멩이 같은 사람이어서 어지간한 남성 대원들은 겨뤄볼 생각도 못할 만큼 굳고 깨끗한 숫색시 빨치산이었다.

톺아오르다

가파른 데를 매우 힘들게 더듬어 오르다.

● 멧새 한 마리 빨치산을 때려잡겠다고 오서산 재몬다외길을 톺아오르던 민보단 장정들을 본 아낙은 자꾸 입술에 침칠을 하였다. 무슨 수를 쓰던지 이 발등에 떨어진 불을 꺼야 할 터인데, 방귀녀위원장 동무는 어디로 갔다는 말인가. 그리고 요강담살이였던 방씨녀를 싸데려 갔던 남편 변판대卞判大는?

빨치산을 때려잡겠다고 오서산 고개마루를 힘들게 오르던 민보단 장정들을 본 아낙은 자꾸 입술에 침칠을 하였다. 무슨 수를 쓰든지 이 발등에 떨어진 불을 꺼야 할 터인데, 방귀녀위원장 동무는 어디로 갔다는 말인가. 그리고 요강 닦는 일을 하던 하인이었던 방씨녀를 모든 혼수를 장만해서 데려갔던 남편 변판대卞判大는?

짜장

정말로. 과연果然.

● **멧새 한 마리** ‘동무넌 참 뵉인유. 그렇긔 도저허게 핵식 높은 슨상님헌티 맨날맨날 핵습받을 테니 월매나 좋을겨어.’ 짜장 부러워 죽겠다는 눈빛으로 바라보던 방씨녀였으나, 내외간에 친정어머니가 해준 이불 속에서 하냥 지낸 것은 두 달 남짓이었다.

‘동무는 참 복 있는 사람이에요. 그렇게 학식이 높고 깊은 선생님께 매일매일 학습 받을 테니 얼마나 좋을 거여.’ 정말로 부러워 죽겠다는 눈빛으로 바라보던 방씨녀였으나, 내외간에 친정어머니가 해준 이불 속에서 함께 지낸 것은 두 달 남짓이었다.

꽃밤

첫날밤.

● 멧새 한 마리 　사람이 사람일 수 있는 근본도리를 일깨워 주는 절절한 가르침 말은 꽃밤 직후 딱 한 번 뿐이었고, 죄 당 사업에 연관된 것이었으니 - 아낙 또한 당원이었던 것이다.

사람이 사람일 수 있는 근본 도리를 일깨워 주는 매우 절실한 가르침 말은 첫날밤 직후 딱 한 번뿐이었고, 모두 당 사업에 연관된 것이었으니 - 아낙 또한 당원이었던 것이다.

미좇다

뒤따르다. 뒤미쳐 좇다.

● **멧새 한 마리** 초례를 치른 1943년 봄에는 새서방님 욱권 미좇아 들어가게 된 것이 조선공산당이었고, 해방 다음해 11월 23일 조선공산당 · 조선 인민당 · 남조선신민당 삼당이 합뜨려 남조선노동당이 되었을 때는 자동적으로 남조선노동당원이었다.

전통 혼례를 치른 1943년 봄에는 새서방님 강한 권유에 뒤따라 들어가게 된 것이 조선공산당이었고, 해방 다음 해 11월 23일 조선공산당 · 조선 인민당 · 남조선신민당 삼당이 합해서 남조선노동당이 되었을 때는 자동적으로 남조선노동당원이었다.

욱권하다

우겨대며 권하다.

● **멧새 한 마리**　　인민공화국 자치대 완장을 찬 청년 둘이가 집에 왔는데, 면장님을 모시러 왔다고 하더라는 것이다. 마침 공일이어서 늦은 아침을 먹고 아버지와 바둑을 두고 있던 오라버니가 무슨 일이냐니까 가보시면 안다며 면인민위원회까지 가기를 욱권하는 그들한테 친정어머니는 씨암탉을 잡아 이른 점심 대접까지 해서 보냈는데, 돌아오지 않는 오라버니였다고 한다.

인민공화국 자치대 완장을 찬 청년 둘이서 집에 왔는데, 면장님을 모시러 왔다고 하더라는 것이다. 마침 일요일이어서 늦은 아침을 먹고 아버지와 바둑을 두고 있던 오라버니가 무슨 일이냐니까 가보시면 안다며 면인민위원회까지 가기를 우겨대며 권하는 그들한테 친정어머니는 씨암탉을 잡아 이른 점심 대접까지 해서 보냈는데, 돌아오지 않는 오라버니였다고 한다.

안해

아내. '안에 뜨는 해'라는 말로 '해방 8년사'가 끝나는
1953년 7월 27일까지 쓰이던 말임.

● **멧새 한 마리**　　남편을 사랑하랴면 우선 外人을 사랑하고, 남편의게 사랑을 받으랴면 먼저 外人의 사랑을 받어야하오. 父母同氣를 비롯하여 其外 여러사람의게 사랑을 밧게되자면 비록 남편 된 자 어리석다할지라도 그 안해를 안이 사랑할슈 없슬 것이오.

남편을 사랑하려면 우선 다른 사람을 사랑하고, 남편에게 사랑을 받으려면 먼저 다른 사람의 사랑을 받아야 하오. 부모형제를 비롯하여 그밖의 여러 사람에게 사랑을 받게 되면 비록 남편 된 자 어리석다 할지라도 그 아내를 아니 사랑할 수 없을 것이오.

앙버티다

기를 쓰고 덤벼들어 끝까지 덤벼들다. 저항하다. 대들다.

● **멧새 한 마리**　조국이 찢겨진 것은 리승만매국역도 탓이다. 아니, 리승만이는 꼭두각시에 지나지 않고 국토분렬 원흉은 미국이다. 미국이라는 나라 제국주의자들. 남조선을 대쏘방파제로 만들고자하는 미제국주의이다. 미제는 리승만이라는 사냥개를 하수인으로 내세웠고, 친왜민족반역도배를 등에 업은 리승만이는 제국주의 미국에 앙버티는 여운형 선생을 암살하였다.

조국이 찢긴 것은 이승만 매국역도 탓이다. 아니, 이승만이는 꼭두각시에 지나지 않고 국토 분열 원흉은 미국이다. 미국이라는 나라 제국주의자들. 남조선을 대소 방파제로 만들고자 하는 미제국주의이다. 미제는 이승만이라는 사냥개를 하수인으로 내세웠고, 친왜민족반역도배를 등에 업은 이승만이는 제국주의 미국에 끝까지 저항하는 여운형 선생을 암살하였다.

도꼭지

어떤 방면에서 가장 으뜸이 되는 사람. 우두머리.

● **고추잠자리** 종파주의라는 칼로 내려치면서 조공법통을 인정하지 않는다는 것은 그 뒷몸인 남로 존재를 인정하지 않는다는 것이 되는데, 그렇다면 그 도꼭지인 선생님 살매는 어떻게 되는가?

종파주의라는 칼로 내려치면서 조선공산당 법통을 인정하지 않는다는 것은 그 뒷몸인 남조선노동당 존재를 인정하지 않는다는 것이 되는데, 그렇다면 그 우두머리인 선생님 운명은 어떻게 되는가?

쇠귀

주도권.

● 멧새 한 마리 "그럼 뭐가 좋겠는지요?"
"민주라는 말이 어떨까 하오. 조선민주공화국."
옥신각신이 있었으나 결국 「조선인민공화국」으로 낙착되었으니, 조선공산당 쇠귀를 잡고 있는 것은 경성콤그룹이었는데, 경성콤그룹 목대잡이는 박동무였던 것이다.

 "그럼 뭐가 좋겠는지요?"
"민주라는 말이 어떨까 하오. 조선민주공화국."
옥신각신이 있었으나 결국 「조선인민공화국」으로 낙착되었으니, 조선공산당 주도권을 잡고 있는 것은 경성콤그룹이었는데, 경성콤그룹 우두머리는 박동무였던 것이다.

손붙이다

무슨 일을 비롯하다. 힘을 들여 일하다.

● **멧새 한 마리** 「조선인민공화국」을 세운 조선공산당 사람들이 가장 먼저 손붙였던 일이 있다. 남조선 7도 12시 131군에 하나도 빠짐없이 농촌쏘비에뜨인 농군평의회, 곧 「인민위원회」를 세운 것이었다. 51년만이었다. 1894년 갑오농군혁명 때 호남 쉰여섯 고을에 세웠던 인민자치기관인 집강소執綱所를 다시 살려낸 것이었다.

「조선인민공화국」을 세운 조선공산당 사람들이 가장 먼저 시작했던 일이 있다. 남조선 7도 12시 131군에 하나도 빠짐없이 농촌소비에트인 농군평의회, 곧 「인민위원회」를 세운 것이었다. 51년만이었다. 1894년 갑오농군혁명 때 호남 쉰여섯 고을에 세웠던 인민자치기관인 집강소執綱所를 다시 살려낸 것이었다.

슬갑도적질

남 시문詩文 글귀를 몰래 훔쳐서 그것을 그릇 쓰는 사람을 웃는 말. 슬갑膝甲은 겨울에 추위를 막으려고 바지 위로 무릎에 껴입던 옷. 표절.

● **멧새 한 마리** 미군정에서 나치가 썼던 의사당방화사건을 슬갑도적질 해서 조선공산당을 없애버린 것이 이른바「조선정판사사 건」이다. 조선공산당을 불법단체로 금쳐버린 미군정에서 1946년 7월 한 여론조사에서도 사회주의 공산주의를 좋아하는 사람들이 80퍼센트였다.

미군정에서 나치가 썼던 의사당방화사건을 몰래 훔쳐서 조선공산당을 없애버린 것이 이른바「조선정판사사건」이다. 조선공산당을 불법단체로 막아버린 미군정에서 1946년 7월 한 여론조사에서도 사회주의 공산주의를 좋아하는 사람들이 80퍼센트였다.

목대잡이

여러 사람을 도맡아 거느리고 일을 시키는 이. 우두머리.

● 멧새 한 마리 "그럼 뭐가 좋겠는지요?"
"민주라는 말이 어떨까 하오. 조선민주공화국."
옥신각신이 있었으나 결국 「조선인민공화국」으로 낙착되었으니, 조선공산당 쇠귀를 잡고 있는 것은 경성콤그룹이었는데, 경성콤그룹 목대잡이는 박동무였던 것이다.

 "그럼 뭐가 좋겠는지요?"
"민주라는 말이 어떨까 하오. 조선민주공화국."
옥신각신이 있었으나 결국 「조선인민공화국」으로 낙착되었으니, 조선공산당 주도권을 잡고 있는 것은 경성콤그룹이었는데, 경성콤그룹 우두머리는 박동무였던 것이다.

엄펑소니

의뭉스럽게 남을 후리는 솜씨나 짓. 계략. 책략.

● 멧새 한 마리 우익 여론조사기관에서 한 조사에서도 대통령감으로 몽양과 이정이 압도적 일이위를 하는 남조선 좌익을 깨뜨리고자 미군정에서 쓴 엄펑소니가 「조선정판사사건」이니, 여덟 달 만에 좌익들은 캄캄한 땅 밑으로 들어가게 되었던 것이다.

우익 여론조사기관에서 한 조사에서도 대통령감으로 몽양 여운형과 이정 박헌영이 압도적 일이위를 하는 남조선 좌익을 깨뜨리고자 미군정에서 쓴 책략이 「조선정판사사건」이니, 여덟 달 만에 좌익들은 캄캄한 땅 밑으로 들어가게 되었던 것이다.

자빡놓다

못박아 딱지놓다. 분명하게 거절하다.

● **멧새 한 마리**　　미군정에서 주겠다던 정권을 한마디로 자빡놓는 몽양이었으니, 미제 앞잡이 심부름꾼은 될 수 없다는 것이었다. 몽양이 했다는 말이다.
"우리 조선인민대중 힘으로 자주정권을 세우겠다."

미군정에서 주겠다던 정권을 한마디로 분명하게 거절하는 몽양 여운형이었으니, 미제 앞잡이 심부름꾼은 될 수 없다는 것이었다. 몽양이 했다는 말이다.
"우리 조선인민대중 힘으로 자주정권을 세우겠다."

사북

중심. 가장 대수로운 어섯. 한가운데. 가운데. 복판. 한복판. 줏대. 고갱이. 뼈대. 안. 속마음. 알맹이. 알속. 알짜. 사자어금니. 범어금니. 노른자. 한허리. 한바닥. '중앙中央'은 왜말임.

● **멧새 한 마리** 인민공화국을 두루 알린 조선공산당에서는 노동자·농민을 사북으로 공산주의로 가기 위한 사회주의 첫 층층대인 인민민주주의를 펼쳐나가는데, 9월 8일 하지 중장이 거느리는 미24군단이 인천에 올라선다.

인민공화국을 두루 알린 조선공산당에서는 노동자·농민을 중심으로 공산주의로 가기 위한 사회주의 첫 단계인 인민민주주의를 펼쳐나가는데, 9월 8일 하지 중장이 거느리는 미 24군단이 인천에 올라선다.

맞조이

환영. 마중.

● **멧새 한 마리** 그들 북미합중국 병대는 성조기와 태극기를 흔들며 맞조이나온 인천보안대원과 조선노조원들한테 무차별로 총을 갈겨 여남은 명 사상자를 내 게 하였다. 미군들은 조선인민들이 저희들을 해치려고 달려들어 부득이 발포를 하였다고 하였으나, 환영 나온 사람들과 해코지하려 덤벼드는 사람들을 몰라볼 만큼 어리석지 않으니, 맛보기를 보인 것이었다.

그들 북미합중국 군대는 성조기와 태극기를 흔들며 마중나온 인천보안대원과 조선노조원들한테 무차별로 총을 갈겨 여남은 명 사상자를 내게 하였다. 미군들은 조선인민들이 저희들을 해치려고 달려들어 부득이 발포를 하였다고 하였으나, 환영 나온 사람들과 해코지하려 덤벼드는 사람들을 몰라볼 만큼 어리석지 않으니, 맛보기를 보인 것이었다.

두리

하나로 뭉치게 되는 복판 둘레.

● 멧새 한 마리　　남녘땅 대구에서 쌀폭동인 「시월항쟁」이 일어나고, 제주도에서 「4·3 항쟁」을 일으킨 동족을 학살하라는 명령에 저항하여 려수14연대가 일떠섰으며, 지리산을 두리로 인민유격대가 총을 잡게 된 까닭이다.

남녘땅 대구에서 쌀 폭동인 「시월항쟁」이 일어나고, 제주도에서 「4·3 항쟁」을 일으킨 동족을 학살하라는 명령에 저항하여 여수 14연대가 일떠섰으며, 지리산을 중심으로 인민유격대가 총을 잡게 된 까닭이다.

아지못게라

'알 수 없다'라는 뜻으로, 무릎을 치는 말.

● **멧새 한 마리** 신문지 사이사이에 붓과 먹이 끼워져 있는 것으로 봐서 글씨 궁구를 하라는 뜻은 알겠는데, 아지못게라 신문 기사를 읽고 난마처럼 얽혀 있는 조국이 놓인 자리를 올곧게 읽어내기란 여간 힘에 부치는 것이 아니었다.

신문지 사이사이에 붓과 먹이 끼워져 있는 것으로 봐서 글씨 공부를 하라는 뜻은 알겠는데, 알 수 없구나! 신문 기사를 읽고 난마처럼 얽혀 있는 조국이 놓인 자리를 올곧게 읽어내기란 여간 힘에 부치는 것이 아니었다.

잠긴 문에 쇳대

어떤 자물쇠도 모두 딸 수 있는 만능 열쇠.

● **멧새 한 마리**　　공맹지도孔孟之道만 찾는 시아버지는 어렵기만 한데, 큰시동생 또한 임의롭지가 않았다. 남편이 곁에 있었던 꽃잠초였다면 잠긴 문에 쇳대로 모르는 것이 없는 사람이었으므로 문제가 없었으나, 낙화인미귀落花人未歸였다.

공자와 맹자 도리만 찾는 시아버지는 어렵기만 한데, 큰시동생 또한 편하지가 않았다. 남편이 곁에 있었던 신혼 초였다면 만능열쇠처럼 모르는 것이 없는 사람이었으므로 문제가 없었으나, 낙화인미귀였다'꽃은 져도 임은 오지 않는다'는 말로 세월이 가도 그리운 이가 오지 않을 때 쓰던 말임.

꼲아매기다

값쳐주다. 평가하다.

● **멧새 한 마리** 일송삼백하는 천재로 높게 꼲아매기던 만자식이 서청 출신 서울시경 특경대원들한테 잡혀간 그러께 늦가을부터 시아버지 입에서 떨어지지 않는 탄식이었다.

하루에 삼백 자를 외우는 천재로 높게 평가받던 큰아들이 서북청년단 출신 서울시경 특경대원들한테 잡혀간 재작년 늦가을부터 시아버지 입에서 떨어지지 않는 탄식이었다.

소마

오줌을 점잖게 이르는 말. 소피所避. '소변小便'은 왜말임.

● 멧새 한 마리　　새서방님은 빙긋 웃었다.
"이건 다 책, 그러니께 양인덜 책이 나와 있넌 사전적 증의이구…… 우덜 동양이선 예전버텀 좌익사상이란 것이 있었소이다 그러. 좌편우위사상이란 건듸, 그러니께 바른편버덤 오여손편이 더 높단 말이니, 바른손이룬 소마를 볼 때 거시긔럴 손이루 잡게 된다구 헤서 불결허다넌 거지유."

　새신랑은 빙긋 웃었다.
"이건 다 책, 그러니까 서양사람들 책에 나와 있는 사전적 정의이고…… 우리들 동양에선 예전부터 좌익사상이란 것이 있었소이다 그려. 좌편우위사상이란 건데, 그러니까 바른편보다 왼손편이 더 높단 말이니, 바른손으로 오줌을 눌 때 거시기를 손으로 잡게 된다고 해서 불결하다는 거지요."

숨탄것

하늘과 땅에서 숨이 불어넣어진 목숨붙이라고 해서, '동물'을 말함.

● 멧새 한 마리 "사람을 보구 뭐라구 허넌지 아세유?"

"예에? 사람유우우?"

"예, 사람."

"글씨유우."

"하늘 밑에 벌레라구 헙니다. 숨탄것이라넌 말인듸, 하늘과 따헌티서 숨이 불어넣어졌다구 헤서 허넌 말이지유.

"사람을 보고 뭐라고 하는지 아세요?"

"예에? 사람이요?"

"예, 사람."

"글쎄요."

"하늘 밑에 벌레라고 합니다. 목숨붙이라는 말인데, 하늘과 땅에서 숨이 불어넣어졌다고 해서 하는 말이지요.

미적이

살아 숨 쉬는 동식물 모두를 말함.

● 멧새 한 마리　　“사상이란 다른 게 아닙니다. 사람이라는 숨탄것이 다른 미적이들과 다른 점이 뭣이것습니까? 여러가지가 있것지먼 가장 크게 다른 점은 그러니께 그리움이란 감정에 있을 겁니다. 뭣인가를 그리워헐 수 있넌 글력이 있긔 때문이지유.”

“사상이란 다른 게 아닙니다. 사람이라는 동물이 다른 동식물들과 다른 점이 뭣이겠습니까? 여러 가지가 있겠지만 가장 크게 다른 점은 그러니까 그리움이란 감정에 있을 겁니다. 뭣인가를 그리워할 수 있는 힘이 있기 때문이지요.”

일매지다

모두 다 고르고 가지런하다.

● **멧새 한 마리** 뭣인가를 그리워허기 위헤서넌 뭣버덤두 먼저 생각헐 수 있넌 글력이 있어얍니다. 이 생각을 뚜렷헌 질 따러 일매지게 봐낼 수 있넌 글력을 가리켜 사상이라구 허지유.

뭣인가를 그리워하기 위해서는 무엇보다도 먼저 생각할 수 있는 힘이 있어야 합니다. 이 생각을 뚜렷한 길 따라 가지런하게 보아낼 수 있는 힘을 가리켜 사상이라고 하지요.

웅긋쫑긋

굵고 잔 여럿이 군데군데 고르지 않게 머리가 쑥쑥 불거진 꼴.

● 멧새 한 마리 　　광천읍 목수동맹 사무실이 있는 구장터로 가던 아낙은 무춤 서버리었다. 저만치 구장터다리가 보이는 곳이었는데, 얼라? 웅긋쫑긋한 사람들 모습이 눈에 들어왔던 것이다.

광천읍 목수동맹 사무실이 있는 옛 장터로 가던 아낙은 놀라 멈춰 서버렸다. 저만치 옛 장터다리가 보이는 곳이었는데, 얼라? 머리가 불거져 나온 사람들 모습이 눈에 들어왔던 것이다.

솔수펑이

솔숲이 있는 곳.

● **멧새 한 마리** 방씨녀 서방인 변판대를 만나려면 목맹이 있는 구장터로 가야 했는데, 구장터로 가려면 반드시 그 앞으로 흐르는 개울을 가로지른 구장터다리를 건너야 하는 것이었다. 소마를 보고자 찾아든 솔수펑이 덕분에 범 아가리를 벗어나게 되었다고 생각한 아낙은, 다시 또 진저리를 쳤다.

방 씨 여자의 서방인 변판대를 만나려면 목수동맹이 있는 옛 장터로 가야 했는데, 옛 장터로 가려면 반드시 그 앞으로 흐르는 개울을 가로지른 옛 장터다리를 건너야 하는 것이었다. 오줌을 누려고 찾아든 솔숲 덕분에 범 아가리를 벗어나게 되었다고 생각한 아낙은, 다시 또 진저리를 쳤다.

갈마들다

① 서로 대신해서 번갈아 들다.
② 뒤숭숭한 생각이나 느낌이 엇갈려 일어나다.

● 멧새 한 마리　　민보단원들일 것이 틀림없는 사내들이 쥐고 있는 것은 오서산 재몬다외서 보았던 것처럼 날카롭게 끝을 쳐낸 죽창과 쇠몽둥이보다도 더 강팍한 물푸레나무로 깎아 오줌독에 담궈 벼린 몽둥이, 그리고 왜병들이 버리고 간 구구식 장총 같은 것들일 터였고, 아낙은 보따리를 갈마들었다.

민보단원들일 것이 틀림없는 사내들이 쥐고 있는 것은 오서산 고개마루에서 보았던 것처럼 날카롭게 끝을 쳐낸 죽창과 쇠몽둥이보다도 더 강팍한 물푸레나무로 깎아 오줌독에 담가 날카롭게 만든 몽둥이, 그리고 왜병들이 버리고 간 구구식 장총 같은 것들일 터였고, 아낙은 보따리를 (손을) 번갈아 가며 들었다.

성냥일

대장일. 대장장이가 하는 일.

● 멧새 한 마리　　철맹은 철공동맹 줄임말로 철공소며 풀무간같이 쇠를 다루는 바치쟁이들이 짠 직업동맹 가운데 하나였다. 철맹원들을 만나보지는 않았지만 성냥일과 지위일은 이웃사촌인 듯 여간 자별하게 지내는 것이 아니었다.

철맹은 철공동맹 줄임말로 철공소며 풀무간같이 쇠를 다루는 기술자들이 짠 직업동맹 가운데 하나였다. 철맹원들을 만나보지는 않았지만 대장장이 일과 목수 일은 이웃사촌인 듯 여간 친밀하게 지내는 것이 아니었다.

성냥바치

대장장이.

● 멧새 한 마리 철맹위원장이라는 성냥바치만 만나고 보면 변판대 소식을 알 수 있으리라 생각한 아낙은 갈마들던 보따리를 숫제 머리에 얹었다. 그리고 두 팔을 힘차게 내저으며 잰걸음을 쳤는데, 목달이가 긴 장화를 신고 있었다.

철맹위원장이라는 대장장이만 만나고 보면 변판대 소식을 알 수 있으리라 생각한 아낙은 손을 바꿔가며 들던 보따리를 숫제 머리에 얹었다. 그리고 두 팔을 힘차게 내저으며 빠른 걸음을 걷는데, 목이 긴 장화를 신고 있었다.

줄남생이

남생이들이 줄지어 있듯 크고 작은 것이 줄 대어 있는 것을 가리키는 말.

● **멧새 한 마리** 영복이 놈이 아버지를 부른 것은 다저녁 때였다. 양력으로 칠월 초순이었다. 모깃불이 매캐한 연기를 뿜어주는 마당 한복판 멍석 위에 줄남생이 늘어안듯 한 식구들이었다.

영복이 놈이 아버지를 부른 것은 저녁이 다 되었을 때였다. 양력으로 칠월 초순이었다. 모깃불이 매캐한 연기를 뿜어주는 마당 한복판 멍석 위에 남생이가 줄지어 있듯 줄을 지어 앉은 식구들이었다.

풀떼기죽

① 잡곡 가루로 묽게 풀처럼 쑨 죽.
② 범벅보다 묽고 죽보다 된 죽.

● **멧새 한 마리** 저마다 두 해가 다 되도록 돌아오지 않는 자식과 돌아오지 않는 언니와 돌아오지 않는 오라버니 걱정을 하며 저녁상을 기다리고 있었다. 풀떼기죽이 놓여진 늦은 저녁상을 든 아낙이 막 부엌 문지방을 넘을 때였다.

저마다 두 해가 다 되도록 돌아오지 않는 자식과 돌아오지 않는 형과 돌아오지 않는 오라버니 걱정을 하며 저녁상을 기다리고 있었다. 잡곡 가루로 묽게 풀처럼 쑨 죽이 놓여진 늦은 저녁상을 든 아낙이 막 부엌 문지방을 넘을 때였다.

장칼내비

도마뱀.

● **멧새 한 마리** 멍석가를 기어다니며 개아미며 땅강아지며 풀무치며 여치며 장칼내비며 노린재 같은 벌레들과 동무하여 놀던 아이가 어슨듯 고개를 잦히며 부르짖었던 것이다.
"아부지!"

멍석 가장자리를 기어다니며 개미며 땅강아지며 풀무치며 여치며 도마뱀이며 노린재 같은 벌레들과 벗하며 놀던 아이가 갑자기 고개를 젖히며 부르짖었던 것이다.
"아버지!"

지위

목수를 점잖게 이르는 말.

● 멧새 한 마리 　철맹은 철공동맹 줄임말로 철공소며 풀무간같이 쇠를 다루는 바치쟁이들이 짠 직업동맹 가운데 하나였다. 철맹원들을 만나보지는 않았지만 성냥일과 지위일은 이웃사촌인 듯 여간 자별하게 지내는 것이 아니었다.

철맹은 철공동맹 줄임말로 철공소며 풀무간같이 쇠를 다루는 기술자들이 짠 직업동맹 가운데 하나였다. 철맹원들을 만나보지는 않았지만 대장장이 일과 목수 일은 이웃사촌인 듯 여간 친밀하게 지내는 것이 아니었다.

『국수사전國手事典』을 써보는 까닭

김성동

삼독번뇌三毒煩惱라고 한다. 탐내고 성내고 어리석기 때문에 세세생생世世生生을 두고 화택번뇌와 고통이 가득한 이 세상에서 벗어나지 못하는 것이니, 이 세 가지 독 밑뿌리를 뽑아내지 않고서는 깨달음 넓은 바다로 나아갈 수 없다는 것으로, 불가佛家에서 쓰는 말이다. 중생계衆生界 근본 모순을 말하는 것이다.

이 삼독번뇌를 벗어나지 못하는 한 이 세상은 언제나 불타는 집이요, 아귀餓鬼 축생畜生 수라修羅가 서로 투그리며서로 싸우며 탁난치는몸부림을 치는 삼악도三惡道니, 생지옥일 수밖에 없다. 중생은 모두 삼독 종인 것이다.

우리 민족에게는 예로부터 삼독번뇌가 있어 왔으니, 한독漢毒 · 왜독倭毒·양독洋毒이 그것이다. 저 리제麗濟 애잡짤한가슴이 미어지도록 안타까운 패망 다음부터, 만주와 연해주 활찌고너른 들이 시원스럽고 마안한끝없이 아득한 벌판을 잃어버린 다음부터, 한족과 왜족과 북미합중국을 우두머리로 한 양족洋族들에게 갈가리 찢기고 짓밟혀서 만신창이로 거덜이 나버린 것이 우리 역사니….

그 가운데서도 첫째로 생채기 나서 피를 흘리게 된 것이 문화일 것이다. 모로미모름지기 모든 역사 밑바탕이 되는 문화, 대컨무릇 문화 고갱이중심를 이루는 것이 말인데, 이 삼독으로 말미암아 우리 제바닥본바닥 말 부서짐이 바드러움위태로움을 넘어 잡탕밥 꿀꿀이죽이 되어 버린 오늘이다.

말이 살아 있어야 한다. 대컨 천지 정기를 얻은 것이 사람이요, 사람 몸을 맡아 다스리는 것이 마음이며, 사람 마음이 밖으로 펴 나오는 것을 가리켜 말이라고 부르니, 말을 되살려야 한다. 말을 되살리지 않고서는 그 말을 바탕으로 이루어지는 민족문화가 올바르게 설 수 없고, 민족문화가 올바르게 서지 못하는 만큼 참된 뜻에서 민족 얼 또는 민족 삶은 있을 수 없다. 탐진치욕심, 노여움, 어리석음 삼독번뇌를 벗어나지 못하는 한 세세생생을 두고 지옥고地獄苦를 면할 수 없듯이 한 왜 양 삼독을 벗어나지 못하는 한 문화식민지 종됨을 벗어날 수 없으니, 말에 대해서 생각해보는 까닭이 참으로 여기에 있다.

잘못된 학교교육 탓인가. 사람들은 흔히 한자漢字로 된 쓰임말이면 다 중국에서부터 비롯된 것으로 알고 있다. 입말로 살아가는 노동대중이야 마땅한 것이겠으니 그렇다고 하더라도 글말로 밥을 먹는 이른바 먹물들까지 그러한 데는, 다만 안타까울 뿐. 그러나 똑같은 한자로 되어 있다고 하더라도 중국에서 쓰는 말이 다르고 우리나라에서 쓰는 말이 다르며 왜국에서 쓰는 말이 또한 서로 다르니, 말과 글 밑바탕이 되는 역사와 문화가 제각기 다른 까닭에서이다.

한문이라는 것이 본디는 저 한님하느님 검불신시神市 시대 만들어졌던 '가림토문자'에 그 뿌리를 둔 것이라고는 하지만 그것을 저희 종족들 말과 글로 펼쳐 내온 중국은 그만두고, 골칫거리가 되는 것은 언제나 왜국이다. 우리가 나날살이에서 아무런 물음 없이 쓰고 있는 말들 거의가 왜식 한자말인 것이다. 보기를 몇 개만 들어 보겠다.

이른바 풀뿌리 민주주의를 말하면서 자주 보고 듣는 것이 '민초民草'라는 말인데, 언제나 짓밟혀만 온 민족인 탓인가. 아니면 시인 김수영金洙暎 훌륭한 시 「풀」을 떠올리는 시심詩心 높은 겨레여서 그러한가. 민초가 우리말이 아니라고 생각하는 이는 아주 드물다. 그러나 '신토

불이身土不二'가 그러하듯이 '민초'는 왜국 사람들이 만들어낸 말이고 우리말은 '민서' 또는 '서민'이다.

우리가 귀 시끄럽고 눈 아프게 듣고 보는 것이 '역할분담' 이라는 쓰임말인데, 나눠 맡는다는 뜻 '분담'도 그렇지만, 무엇보다도 '역할'이 또 왜말이다. 왜제 때 어떤 왜국 학자가 쓰기 비롯한 말로, 우리말은 '소임所任'이다. 숨 막히던 그 시절 우리 애국지사와 뜻있는 문학인들은 '역할'이라는 말 대신 반드시 '소임' 또는 '구실'이라고 썼다.

장마철이면 나오는 "침수가옥 몇 백 동" 이나 "아파트 몇 동"하는 말 가운데 '동棟'이 또 왜말이다. '히도무네한 동', '후다무네두 동' 하고 집수를 세는 왜국 사람들 한자를 그대로 받아온 것인데, 우리말은 '한 채', '두 채'이다. '앞채', '곁채', '뒷채' 이며, "채채에 사람이 찼다"거나 "채채가 다 물에 잠겼다"고 한다.

"본 의원이 이렇게 훌륭한 자리에서 몇 마디 축하의 말씀을 드리게 된 것을 무한한 광영이라 생각하며…."

국회의원이라는 어떤 이가 이렇게 말하는 것을 들은 적이 있는데, 그 사람만이 아니라 이른바 저명인사며 지어심지어 모국어를 책임 맡은 사람이라고 할 수 있는 문학인들까지도 점잔을 빼는 자리나 글에서 심심찮게 '광영' 이라고 한다. '본 의원'이라고 할 때 본本도 그렇지만 '광영光榮'은 왜말이고 우리말은 '영광榮光'이다.

재미있는 것은 똑같은 뜻이고 한자까지 같건만 글자 앞뒤가 뒤바뀌어 있다는 점이다. 이런 지경은 굉장히 많다. '호상'이라는 말을 썼다가 이른바 '사상'을 의심받고 경찰서에 잡혀가 욕을 봤던 사람이 있는데, '호상互相'은 우리말이고 '상호相互'는 왜말이다.

'동무'라는 아름다운 우리말을 쓸 수 없게 된 것과 마찬가지로 찢겨진 겨레 슬픔이지만, 기가 막힌 것은 우리말을 썼다고 잡아간 '경찰'도 왜말이고 그 사람이 졸경을 치렀을 '경찰서' 또한 왜말이라는 참일

사실이다.

일장기日章旗가 내려진 지 하마 반백 년이 넘건만 상기도 그 사람들이 쓰던 말로 '투겁하다시피덮어씌우다시피' 뒤발뒤집어씀을 하고 사는 우리는 정녕 어느 나라 사람이요, 어느 할아버지 자손들인가. 왜식 쓰임말만 해도 하 '질기굳어질기고 굳세' 당최 정신이 하나도 없는 판인데, 눈위에 서리치기로 '통터저한꺼번에 쏟아져' 밀려오는 게 '해행문자가로로 쓴 영어'니, 대들보가 무너지려는 판에 기둥뿌리마저 흔들리고 있음이다.

보기를 들이기로 하면 한도 없고 끝도 없으니 그만두려니와, 다만 한 가지, 우리말과 왜국말이 다르듯이 우리가 쓰는 한자쓰임말과 왜국사람들이 쓰는 한자쓰임말이 다르다는 것을 다시 한 번 말해둔다.

우리 국군장병들을 '무사武士'라 할 수 없고, 왜국이 쓰는 '용심用心'과 우리가 쓰는 '조심操心'은 죽어도 섞어 쓸 수 없으며, 우리가 쓰는 채독菜毒 감기感氣 신열身熱 환장換腸 고생苦生 한심寒心 병정兵丁 사주팔자四柱八字 복덕방福德房 편지片紙 서방書房님 훈장訓長님 사모師母님 존중尊重생심生心 같은 말들을 왜국사람들이 쓸 수 없듯이 화사華奢 강담講談 원금元金 색마色魔 평판評判 원족遠足 납득納得 국민國民 역할役割 입장立場 세대洗臺 적자赤字 곡물穀物 달변達辯 토산土産 고참古參 후절수後切手 진검승부眞劍勝負 같은 말들을 우리가 쓸 수 없다는 것.

구우일모九牛一毛에 지나지 않겠지만 고황膏肓에 든 왜식 쓰임말들을 조금 모아보았다. 졸작 『국수國手』를 쓰면서 들추어보았거나 보고 있는 옛 글발들과 왕고王考를 비롯한 어른들한테서 귀동냥한 말씀들을 떠올려 만든 것으로, 뜻있는 이들 눈길과 꾸지람을 바란다.

-『신동아』 1998년 8월

설은살

덜 익은 나이. 꽉 차지 않은 나이.

● **멧새 한 마리**　　네 살이라지만 설은살이어서 태어난 지 꼭 2년 7개월 된 그 아이는 타는 듯 붉은 새털구름이 덮여 있는 한밭 쪽 허공을 바라보며 두 번 더 부르짖었다.

"아부지! 아부지!"

네 살이라지만 꽉 차지 않은 나이여서 태어난 지 꼭 2년 7개월 된 그 아이는 타는 듯 붉은 새털구름이 덮여 있는 대전 쪽 허공을 바라보며 두 번 더 부르짖었다.

"아버지! 아버지!"

어마지두

무섭고 놀라서 정신이 얼떨떨한 판.

● 멧새 한 마리　　그렇게 또렷한 발음으로 세 차례나 소리쳐 아버지를 부르고 난 그 어린아이는 발딱 잦혔던 고개를 꺾으며 으앙! 하고 울음을 터뜨리었다. 어마지두에 밥상을 떨어뜨려 박살을 낸 아낙이 구르듯 달음박질쳐 와 아이를 끌어안으며 젖꼭지를 물렸다.

그렇게 또렷한 발음으로 세 차례나 소리쳐 아버지를 부르고 난 그 어린아이는 발딱 잦혔던 고개를 꺾으며 으앙! 하고 울음을 터뜨리었다. 놀라서 얼떨떨한 판에 밥상을 떨어뜨려 박살을 낸 아낙이 구르듯 달음박질쳐 와 아이를 끌어안으며 젖꼭지를 물렸다.

한걱정

큰 걱정.

● **멧새 한 마리** 아이는 받아들일 생각은 하지 않고 자꾸 깨물기만 하는 것이어서 여간 아픈 게 아닌 젖꼭지였으나 입을 뗀 것이 고마워 깨물리는 젖꼭지가 아픈 줄도 몰랐는데, 식구들은 벙어리인 줄 알고 한걱정을 하던 아이가 입을 뗀 것만이 다만 신통해서 저녁을 생으로 굶고도 배고픈 줄을 몰랐다.

아이는 받아들일 생각은 하지 않고 자꾸 깨물기만 하는 것이어서 여간 아픈 게 아닌 젖꼭지였으나 입을 뗀 것이 고마워 깨물리는 젖꼭지가 아픈 줄도 몰랐는데, 식구들은 벙어리인 줄 알고 큰 걱정을 하던 아이가 입을 뗀 것만이 다만 신통해서 저녁을 생으로 굶고도 배고픈 줄을 몰랐다.

어슨듯

문득. 갑자기.

● **멧새 한 마리**　멍석가를 기어다니며 개아미며 땅강아지며 풀무치며 여치며 장칼내비며 노린재 같은 벌레들과 동무하여 놀던 아이가 어슨듯 고개를 잦히며 부르짖었던 것이다.
"아부지!"

멍석 가장자리를 기어다니며 개미며 땅강아지며 풀무치며 여치며 도마뱀이며 노린재 같은 벌레들과 벗하며 놀던 아이가 갑자기 고개를 젖히며 부르짖었던 것이다.
"아버지!"

비나리

앞날 흐뭇한 삶을 비는 말.

● **멧새 한 마리** 野蠻時代에서 文明時代로, 母權社會에서 父權社會로, 原始共產制에서 奴隷制로 進出하는 時代의 勞作이다. 惱좋은 먹물, 곧 識字層에서 만들어 낸 呪文에 지나지 않는다. 巫女의 비나리같은 말이지만, 한가지 취할 점이 있으니, 바로 辨證法이다.

야만시대에서 문명시대로, 모권사회에서 부권사회로, 원시공산제에서 노예제로 진출하는 시대의 노작이다. 뇌좋은 먹물, 곧 식자층에서 만들어 낸 주문에 지나지 않는다. 무녀의 앞날 행복을 비는 듯한 말이지만, 한가지 취할 점이 있으니, 바로 변증법이다.

거미줄 늘이다

비상경계망을 치다.

● 멧새 한 마리　　남편이 읽어보라는 책들은 거지반 남편 책장에 꽂혀 있었다. 서청 출신 서울시경 특별경찰대가 거미줄 느리면서 시아버지가 몰래 땅에 파묻고 덮잡기해 가 그렇지 책방에 골방에 사랑방에 수박씨처럼 촘촘히 박혀 있던 책들이었다. 조선책도 있고 진서책도 있고 왜서책도 있고 양서책도 있었다.

남편이 읽어보라는 책들은 거의 절반 남편 책장에 꽂혀 있었다. 서북청년단 출신 서울시경 특별경찰대가 특별 경계망을 치면서 시아버지가 몰래 땅에 파묻고 빼앗아가서 그렇지 책방에 골방에 사랑방에 수박씨처럼 촘촘히 박혀 있던 책들이었다. 조선책도 있고 한문책도 있고 일본책도 있고 서양책도 있었다.

글지

세종대왕이 훈민정음을 만들었을 적부터 썼던 말로, 글 짓는 사람을 말함. 대한제국 때까지 쓰였음. '작가'는 왜말임. 글지이.

● **멧새 한 마리** 남편이 읽어보라고 한 책 가운데는 러시아 글지 톨스토이가 지은『부활』과 볼셰비끼 여성글지라는 콜론타이가 쓴『붉은 사랑』이라는 소설책이 있었는데, 그 여자가 부르짖는 여성 해방이라는 것이 무엇인지 영 아리송하기만 하였다.

남편이 읽어보라고 한 책 가운데는 러시아 작가 톨스토이가 지은『부활』과 과격파 여성작가라는 콜론타이가 쓴『붉은 사랑』이라는 소설책이 있었는데, 그 여자가 부르짖는 여성 해방이라는 것이 무엇인지 영 아리송하기만 하였다.

뵌뵈기

본보기. 본. 본때. 거울. '모범'은 왜말임.

● **멧새 한 마리** "허, 뭔 하자가 있넌 사람이외까?"

"하자라기 버덤두……."

"허, 답답하외다."

"저 거싀긔 사상적이룬 그러니께 뵌뵈긔 보루세빗긔다 이런 말씸입니다유. 그쪽 보령 읃안이선 호가 난……."

 "허, 무슨 결점이 있는 사람입니까?"

"결점이라기 보다도……."

"허, 답답합니다."

"저 거시기 사상적으로 그러니까 모범적인 과격파다 이런 말씀입니다요. 그쪽 보령 안쪽에선 이름난……."

더께더께

어떤 물기 같은 것이 덕지덕지 덧쌓여 처발라진 꼴.

● **멧새 한 마리** 붉은 페인트로 더께더께 칠하여 놓은 여러 가지 베간판 표어들이 집집마다 담벼락마다 붙어 있었다. 그 밑에 웅긋쭝긋 늘어선 사람들은 입에 거품을 물었다.

붉은 페인트로 덕지덕지 칠하여 놓은 여러 가지 베간판 표어들이 집집마다 담벼락마다 붙어 있었다. 그 밑에 여럿이 머리를 내밀며 늘어선 사람들은 입에 거품을 물며 흥분했다.

106

선손

① 남이 하기 앞서 하는 일.

② 먼저 한 손찌검. 선손 쓰다. 선수 쓰다.

● **멧새 한 마리** 이북과 이남 어느 쪽에서, 그러니까 공산주의와 자본주의 가운데 누가 먼저 선손을 걸었느냐를 가지고 다투는 모양이다. 그러나 문제는 누가 먼저가 아니라 왜?가 먼저가 아닐까 생각하는 아낙이다.

이북과 이남 어느 쪽에서, 그러니까 공산주의와 자본주의 가운데 누가 먼저 선수를 쳤느냐를 가지고 다투는 모양이다. 그러나 문제는 누가 먼저가 아니라 왜?가 먼저가 아닐까 생각하는 아낙이다.

묵새기질

따로 하는 일 없이 한군데 오래 묵으며 날을 보냄.

● **멧새 한 마리**　　그리고 아낙한테는 풀리지 않는 의문이 있었다. 아낙만이 아니라 누구나 품고 있는 의문이었으니, 유월 이십팔일날 새벽에 수도서울을 두려 뺀 인민군이 왜 사흘 동안이나 서울에서 묵새기질을 쳤느냐는 것이다.

그리고 아낙한테는 풀리지 않는 의문이 있었다. 아낙만이 아니라 누구나 품고 있는 의문이었으니, 유월 이십팔일날 새벽에 수도 서울을 점령한 인민군이 왜 사흘 동안이나 서울에서 하는 일 없이 머물렀느냐는 것이다.

꼭두군사

괴뢰정부 군대. 괴뢰군. 꼭두각시놀음에 나오는 군사.

● 멧새 한 마리　　그때는 양키병대가 들어오기 전이었으므로 꼭두군사 나부랑이에 지나지 않는 남조선 국방군이야 부산 앞바다로 밀어넣을 수 있었기 때문이었다.

그때는 미군이 들어오기 전이었으므로 괴뢰군 나부랑이에 지나지 않는 남조선 국방군이야 부산 앞바다로 밀어넣을 수 있었기 때문이었다.

뒷간

똥오줌을 누는 곳. 측간厠間. '변소便所'는 왜말이고, '화장실化粧室'은 양말임.
절집에서는 '정랑淨廊'이나 '해우소解憂所'라고 함.

● **멧새 한 마리** 아낙네 집이 '진사댁'으로 불리우는 데는 까닭이 있으니, 아낙 시할아버지, 그러니까 남편 김일봉씨 할아버지가 조선 왕조 마지막 과거시험인 저 갑오년 생진회시生進會試에서 진사입격을 했던 것이다. 열다섯 살 때였다. 갑오왜란을 맞아 그때까지 궁구했던 시문詩文이 뒷간 수지 쪽 만도 못하게 된 김도령은 부담농 놓여진 조랑말 타고 집으로 왔는데, 그때부터 입에 넣는 것은 밥이 아니라 술이었다.

아낙네 집이 '진사댁'으로 불리는 데는 까닭이 있으니, 아낙 시할아버지, 그러니까 남편 김일봉 씨 할아버지가 조선 왕조 마지막 과거시험인 저 갑오년 생진회시生進會試에서 진사합격을 했던 것이다. 열다섯 살 때였다. 갑오왜란을 맞아 그때까지 공부했던 시문詩文이 변소 휴지 쪽만도 못하게 된 김도령은 농짝을 실은 조랑말 타고 집으로 왔는데, 그때부터 입에 넣는 것은 밥이 아니라 술이었다.

괴이다

괴다. 총애하다.

● **멧새 한 마리** 을사늑약乙巳勒約을 당하자 별채 글방에서 목을 매었다가 식구들한테 들켰는데, 낟알기 끊기 달소수 만에 이 뉘를 떠난 것은 그로부터 꼭 다섯 해 뒤였다. 경술국치庚戌國恥를 당했을 때였다. 맏손자를 깎듯이 괴이던 시할머니가 돌아가신 것은 아낙이 시집온 다음 해, 그러니까 해방 전해였다.

을사늑약乙巳勒約을 당하자 별채 글방에서 목을 매었다가 식구들한테 들켰는데, 곡기 끊기 한 달 좀 지나 이승을 떠난 것은 그로부터 꼭 다섯 해 뒤였다. 경술국치庚戌國恥를 당했을 때였다. 맏손자를 깎듯이 총애하던 시할머니가 돌아가신 것은 아낙이 시집온 다음 해, 그러니까 해방 전해였다.

한이

한 사람. 사람을 헤아릴 때는 반드시 '한이' '둘이' '서이' …… 해야지 '하나' '둘' '셋'이라고 해서는 안 됨.

● **멧새 한 마리** 이른바 '국대안'을 추진했을 때 거세차게 반대했던 상당수 교수와 학생들이었는데, 식민지 지배층을 양성하고자 경성제국대학을 세웠던 것처럼 미제 또한 후식민지 지배 하수인으로 양성하고자 만든 국립서울대학교였고, 미제 뜻이 관철되면서 평양으로 올라가 교수 부족에 허덕이던 김일성대학교 교수가 되었던 3백여 명 경성대학 교수 가운데 한이라고 하였다.

이른바 '국대안'을 추진했을 때 거세차게 반대했던 상당수 교수와 학생들이었는데, 식민지 지배층을 양성하고자 경성제국대학을 세웠던 것처럼 미제 또한 신식민지 지배 하수인으로 양성하고자 만든 국립서울대학교였고, 미제 뜻이 관철되면서 평양으로 올라가 교수 부족에 허덕이던 김일성대학교 교수가 되었던 3백여 명 경성대학 교수 가운데 한 사람이라고 하였다.

매조밋간

벼를 매통에 갈아서 매조미쌀을 만드는 방앗간. 매조미쌀: 왕겨만 벗기고 속겨는 벗기지 아니한 쌀, 곧 '현미玄米'를 말함.

● 멧새 한 마리 "아침은 빛나라 이 강산
은금에 자원도 가득한
……………………."
같은 '인민가요'를 가르쳤다. 아낙이 사는 울틔에서는 구장네 사랑방과 방앗간집 육손이네 매조밋간이 민주선전실이 되었다.

"아침은 빛나라 이 강산
은금에 자원도 가득한
……………………."
같은 '인민가요'를 가르쳤다. 아낙이 사는 울틔에서는 구장네 사랑방과 방앗간집 육손이네 현미방앗간이 민주선전실이 되었다.

장

늘. 언제나.

● **멧새 한 마리**　노동자와 농민 사이에는 그리고 양심적이고도 양식있는 먹물들이 있어 모든 이해관계를 조절해 내니, 낫과 망치 사이에 붓이 서 있는 상징그림이 생겨나게 된 까닭이라고 하였다.
"결국은 자본주의와 인민민주주의 사이 싸움이다."
남편이 장 하던 말이었다.

노동자와 농민 사이에는 그리고 양심적이고도 양식있는 지식인들이 있어 모든 이해관계를 조절해 내니, 낫과 망치 사이에 붓이 서 있는 상징그림이 생겨나게 된 까닭이라고 하였다.
"결국은 자본주의와 인민민주주의 사이 싸움이다."
남편이 늘 하던 말이었다.

철장 지르다

문에 막대기를 서로 어긋나게 걸쳐 놓다.

● **멧새 한 마리** 철맹 일터로 쓰는 벗말 성냥간에는 문에 철장이 질려 있었다. 아낙은 머리에 이고 있던 보따리를 내리며 목덜미를 주물렀다.

철공동맹 일터로 쓰는 벗말 대장간에는 문에 막대기가 어긋나게 걸쳐 있었다. 아낙은 머리에 이고 있던 보따리를 내리며 목덜미를 주물렀다.

조이

죄. 모두.

● **멧새 한 마리** 그란듸 이 냥반덜이 조이 워디루 갔댜아? 인믜인빙대가 철퇴튀쟁이 들어가구 양킈군과 귁방군이 쳐들온다넌 소문 듣구 조이덜 유긕대루 나갔단 말?
아낙은 철장지른 성냥간 뒤로 돌아 토담벽에 등을 기대었다.

그런데 이 양반들이 모두 어디로 갔을까? 인민군대가 철퇴투쟁에 들어가고 양키군과 국방군이 쳐들온다는 소문 듣고 모두들 유격대루 나갔단 말?
아낙은 막대기를 어긋나게 걸쳐 놓은 대장간 뒤로 돌아 토담벽에 등을 기대었다.

장물

간장이나 소금물.

● 멧새 한 마리 생각하니 도망꾼의 봇짐을 싸면서 새벽에 뜨거운 물 부어 장물 찍어 삼켰던 찬밥 한덩어리가 전부였던 것이다. 오서산 넘어 광천까지 오는 동안 지체했던 때라고 해봐야 딱 두 차례였으니, 소마를 보러 솔수펑이를 찾았던 것과 돌엄마한테 삼배三拜를 드렸던 것이 전부였다.

생각하니 도망꾼의 보따리를 싸면서 새벽에 뜨거운 물 부어 간장 찍어 삼켰던 찬밥 한 덩어리가 전부였던 것이다. 오서산 넘어 광천까지 오는 동안 지체했던 때라고 해봐야 딱 두 차례였으니, 오줌을 싸러 솔숲을 찾았던 것과 치성드리는 돌에 삼배三拜를 드렸던 것이 전부였다.

히뭇이

히죽이.

● **멧새 한 마리** “워디 가넌 새댁이슈?”
히뭇이 웃는 사람이 허리가 착 꼬부라진 버커리여서 먼저 안도의 한숨을 삼킨 아낙은 꿀꺽 소리가 나게 입 안엣것을 삼키었다.

“어디 가는 새댁이요?”
히죽이 웃는 사람이 허리가 착 꼬부라진 노파여서 먼저 안도의 한숨을 삼킨 아낙은 꿀꺽 소리가 나게 입 안에 있는 것을 삼키었다.

짐대

예전 절이 있음을 알리려고 깃발을 달아매고자 돌이나 쇠로 만들었던 당간. 당幢: 불화를 그린 기을 달아두는 장대.

● **멧새 한 마리**　　저만치 짐대가 보이는 데 이르렀을 때 아낙은 걸음발을 죽이지 않은 채 보따리 틈으로 손을 찔러 개떡 한 조각을 떼어내었다. 마악 개떡 한조각을 삼키다 말고 버커리를 만났으므로 견딜 수 없게 배가 고팠던 것이다.

저만치 절을 알리는 장대가 보이는 데 이르렀을 때 아낙은 걸음발을 늦추지 않은 채 보따리 틈으로 손을 찔러 개떡 한 조각을 떼어내었다. 막 개떡 한 조각을 삼키다 말고 허리 굽은 노파를 만났으므로 견딜 수 없게 배가 고팠던 것이다.

새록새록하다

일어나는 일 따위가 새롭다.

● **멧새 한 마리** 영복이 순복이 남매 풀솜할머니 풀솜할아버지 생각을 하던 아낙은 치맛귀를 집어올려 코를 닦았다. 말로 하려면 울음이 터져 말소리가 나오지 못하고 글을 쓰려해도 가슴이 막히고 손끝이 흔들려서 글자가 되지 못하나, 생각만큼은 어제인 듯 새록새록한 것이었으니

영복이 순복이 남매 외할머니 외할아버지 생각을 하던 아낙은 치맛귀를 집어올려 코를 닦았다. 말로 하려면 울음이 터져 말소리가 나오지 못하고 글을 쓰려 해도 가슴이 막히고 손끝이 흔들려서 글자가 되지 못하나, 생각만큼은 어제인 듯 새롭기만 한 것이었으니

덤터기

남에게서 억지로 떠맡게 되는 억울한 누명이나 큰 걱정거리.

● 멧새 한 마리 여덟 달 뒤 나치가 썼던 「의사당방화사건」을 슬갑도적질한 「조선정판사사건」이라는 덤터기를 만들어 씌워 조선공산당을 불법단체로 만든 미군정이 그 두 달 뒤 한 여론조사에서도 70퍼센트가 사회주의 사상을 지지하였고, 자본주의 지지자는 13퍼센트에 지나지 않았다.

여덟 달 뒤 나치가 썼던 「의사당방화사건」을 표절한 「조선정판사사건」이라는 억울한 누명을 만들어 씌워 조선공산당을 불법단체로 만든 미군정이 그 두 달 뒤 한 여론조사에서도 70퍼센트가 사회주의 사상을 지지하였고, 자본주의 지지자는 13퍼센트에 지나지 않았다.

버커리

허리 굽은 늙은 여자.

● **멧새 한 마리** 저만치 짐대가 보이는 데 이르렀을 때 아낙은 걸음발을 죽이지 않은 채 보따리 틈으로 손을 찔러 개떡 한 조각을 떼어내었다. 마악 개떡 한조각을 삼키다 말고 버커리를 만났으므로 견딜 수 없게 배가 고팠던 것이다.

저만치 절을 알리는 장대가 보이는 데 이르렀을 때 아낙은 걸음발을 늦추지 않은 채 보따리 틈으로 손을 찔러 개떡 한 조각을 떼어내었다. 막 개떡 한 조각을 삼키다 말고 허리 굽은 노파를 만났으므로 견딜 수 없게 배가 고팠던 것이다.

써레질

써레로 논바닥을 고르거나 흙덩이를 깨는 일.

써레갈아놓은 논바닥을 고르거나 흙덩이를 잘게 하는 데 쓰는 농구.

● 멧새 한 마리　　농민들은 새벽 4~5시에 일어나서 밤 8~9시까지 들판에서 일했다. 그 들판으로 먹을 것도 없는 점심을 날랐다. 주로 닭똥이나 재로 거름을 했다. 논을 써레질한 후 수로나 작은 도랑을 통해 물을 댄다.

농민들은 새벽 4~5시에 일어나서 밤 8~9시까지 들판에서 일했다. 그 들판으로 먹을 것도 없는 점심을 날랐다. 주로 닭똥이나 재로 거름을 했다. 논을 써레로 바닥을 고른 후 수로나 작은 도랑을 통해 물을 댄다.

무논

물이 있는 논.

● **멧새 한 마리**　　허리도 펴지 않고 무릎까지 빠지는 무논에 볍씨를 뿌린다. 바로 그와 함께 모내기를 할 또 다른 논을 준비한다. 일정한 간격으로 모를 심는 일은 매우 중요하다. 바로 그것을 위해 간격표시가 되어 있는 긴 줄이 사용된다. 그 줄은 논을 가로질러 쳐진다.

허리도 펴지 않고 무릎까지 빠지는 물 고인 논에 볍씨를 뿌린다. 바로 그와 함께 모내기할 또 다른 논을 준비한다. 일정한 간격으로 모를 심는 일은 매우 중요하다. 바로 그것을 위해 간격 표시가 되어 있는 긴 줄이 사용된다. 그 줄은 논을 가로질러 쳐진다.

왼고개 치다

거부하다. 아니라고 고개를 내젓다.

● 멧새 한 마리 떠도는 말로는 왜군이 부산에 올라왔다고도 한다. 좌익에서야 "죽어도 게다짝 소리는 다시 듣고 싶지 않다"고 왼고개를 치지만 우익에서는 "왜군이건 청군이건 설사 그보다 더한 것이라도 와서 우리를 구원해 주어야 한다"고 학수고대를 한다. 만약 왜병이 다시 들어 온다면, 그리고 양키병대한테 우리 인민군이 홀딱 밀려난다면…… 아낙은 절레절레 고개를 흔든다.

떠도는 말로는 왜군이 부산에 올라왔다고도 한다. 좌익에서야 "죽어도 게다짝 소리는 다시 듣고 싶지 않다"고 거부하지만 우익에서는 "왜군이건 청군이건 설사 그보다 더한 것이라도 와서 우리를 구원해 주어야 한다"고 학수고대를 한다. 만약 왜병이 다시 들어 온다면, 그리고 양키군대한테 우리 인민군이 모두 밀려난다면…… 아낙은 절레절레 고개를 흔든다.

산모롱이

산모퉁이 빙 둘린 곳. 산기슭이 나와서 휘어져 돌아가는 곳.

● **멧새 한 마리** 신작로에서 한참 떨어진 산모롱이여서 그랬겠지만 시집이 있는 울틔에서는 그런 일이 없었다. 그러나 소재지에서는 덜 좋은 일들이 있었다고 한다.

신작로에서 한참 떨어진 산기슭이 돌아가는 곳이어서 그랬겠지만 시집이 있는 울틔에서는 그런 일이 없었다. 그러나 소재지에서는 덜 좋은 일들이 있었다고 한다.

밀세다리

끄나풀. 밀정密偵

● **멧새 한 마리**　　양키군인만이 아니라 양키부대 씨아이씨 밀세다리라고 하였고, 전 재산인 소를 끌고 피란나선 숫진 농군 소를 헐값으로 빼앗아 간 국방군이 있다니, 그런 짐승같은 군인을 미좇아 가며 그 소를 사서 큰 이문을 남겨 먹은 쇠거간꾼들이 있었다고 하였다.

양키군인만이 아니라 양키부대 방첩대 끄나풀이라고 하였고, 전 재산인 소를 끌고 피란나선 순박한 농군 소를 헐값으로 빼앗아 간 국방군이 있다니, 그런 짐승같은 군인을 뒤따라가며 그 소를 사서 큰 이문을 남겨 먹은 소 중개인들이 있었다고 하였다.

묵뫼

오래도록 거두지 않고 내버려 두어서 거칠어진 무덤. 묵무덤.

● **멧새 한 마리** 생각하던 아낙은 저도 모르게 귓볼을 붉히었으니, 해방 전해던가. 꿈에 떡맛 보기로 집에 들른 새서방님이 새꼽빠지게도 도화지와 심 굵은 연필을 챙겨드는 것이었다. 그리고 뒷동산 묵뫼로 가자고 하더니, 별꼴. 홀딱 벗은 알몸뚱이로 묵뫼 앞에 앉아보라는 것이었다.

생각하던 아낙은 저도 모르게 귓볼을 붉히었으니, 해방 전해던가. 꿈에 떡맛 보기로 집에 들른 새서방님이 새삼스럽게도 도화지와 심 굵은 연필을 챙겨드는 것이었다. 그리고 뒷동산 묵은무덤으로 가자고 하더니, 별꼴. 홀딱 벗은 알몸뚱이로 묵은무덤 앞에 앉아보라는 것이었다.

삼사미

세갈랫길. '삼거리'는 왜말임.

● 멧새 한 마리 "손들엇!"
귓청을 찢는 쇳소리와 함께 무엇인가 아낙 등짝을 찌었다. 날카롭게 끝을 쳐낸 죽창이었다. 광천읍내를 벗어나 홍성군 홍동면으로 접어드는 삼사미였다.

손들엇!"
귓청을 찢는 쇳소리와 함께 무엇인가 아낙 등짝을 찌었다. 날카롭게 끝을 쳐낸 죽창이었다. 광천 읍내를 벗어나 홍성군 홍동면으로 접어드는 세갈랫길이었다.

속속곳

여자가 맨 속에 입는 아랫도리 옷. 다리통이 넓고 밑이 막혔음.
양 말로 '팬티'를 말함.

● **멧새 한 마리** 보따리 떨어지는 소리와 무엇인지 날아오르는 소리였다. 오서산 재몬다윗길 솔수펑이에서 속속곳을 내렸다가 민보단사람들 이 가는 소리에 놀라 오줌발이 끊겼을 때, 어깨에 날아와 앉았던 멧새 한 마리였다.

보따리 떨어지는 소리와 무엇인지 날아오르는 소리였다. 오서산 고갯마루길 솔숲에서 팬티를 내렸다가 민보단 사람들 이 가는 소리에 놀라 오줌발이 끊겼을 때, 어깨에 날아와 앉았던 멧새 한 마리였다.

살강

그릇 같은 것을 얹어 놓기 위하여 부엌 벽 중턱에
가로 드린 선반이나 시렁.

● **잔월**殘月 부역자 재산은 집어가는 사람이 임자이며, 따라서 죄가 되지 않는다는 것이었다. 눈에 벌건 핏발을 세운 사람들은 느려터진 말소리와는 달리 날렵하게 몸을 움직여 자기들끼리 아귀다툼을 벌이면서 반반한 것이라면 하다못해 살강에 얹어둔 간장종지까지 죄 훑어가 버렸다.

부역자 재산은 집어가는 사람이 임자이며, 따라서 죄가 되지 않는다는 것이었다. 눈에 벌건 핏발을 세운 사람들은 느려터진 말소리와는 달리 날렵하게 몸을 움직여 자기들끼리 아귀다툼을 벌이면서 반반한 것이라면 하다못해 부엌 선반에 얹어둔 간장 그릇까지 모두 훑어가 버렸다.

입치레하다

끼니를 때우다.

● **잔월**殘月 난리가 터지기 전 구렛굴 사람들은 제 땅에 제 씨 뿌려 제 식구들 입치레하는 재주밖에 몰랐고, 여름에는 보리 곱삶아 먹고 겨울에는 시래기국 먹으며 어느 집에서 보리 감자만 쪄도 집집이 돌리며 웃음으로 나눠먹었으며, 기껏해야 국방군이 들어오면 대하인밍구욱 만서이를 인민군이 들어오면 인미인꿩화구욱 만서이를 눈치껏 부를 줄밖에 몰랐던 것이었다.

난리가 터지기 전 구렛골 사람들은 제 땅에 제 씨 뿌려 제 식구들 끼니를 때우는 재주밖에 몰랐고, 여름에는 보리 두 번 삶아 먹고 겨울에는 시래기국 먹으며 어느 집에서 보리 감자만 쪄도 집집이 돌리며 웃음으로 나눠 먹었으며, 기껏해야 국방군이 들어오면 대한민국 만세를 인민군이 들어오면 인민공화국 만세를 눈치껏 부를 줄밖에 몰랐던 것이었다.

숭흉업다

못마땅하여 불쾌할 정도로 흉하다.

● **잔월**殘月　아이는 아낙 가슴에 얼굴을 묻었다.

"뱌, 뱜……."

"숭업게 뭔 소리랴. 꿈꿨넌가베."

아낙은 아이 궁둥이를 토닥이며 보퉁이를 뒤져 개떡을 꺼냈다.

　아이는 아낙 가슴에 얼굴을 묻었다.

"배, 뱀……."

"흉하게 무슨 소리야. 꿈을 꿨나 보네."

아낙은 아이 궁둥이를 토닥이며 보퉁이를 뒤져 개떡을 꺼냈다.

싸게싸게

빨리빨리.

● **잔월**殘月 아이는 개떡과 함께 뜨거운 침을 삼켰다.
"싸게싸게 걸어. 사람들 눈이 안 띄구 마실을 지나야 혀."
아낙이 아이 손을 다잡으며 잰걸음을 놀리는데,
"거기 스쇼!"
어디선가 느닷없이 날카로운 목소리가 들려왔다.

 아이는 개떡과 함께 뜨거운 침을 삼켰다.
"빨리빨리 걸어. 사람들 눈에 안 띄고 마을을 지나야 해."
아낙이 아이 손을 바싹 잡으며 빠른 걸음을 놀리는데,
"거기 서시오!"
어디선가 느닷없이 날카로운 목소리가 들려왔다.

작신

작고 단단한 물건이 갑자기 세게 부러지거나 깨지는 모양.

● **잔월**殘月 뿔갱이덜은 그저 작신 조겨놔야 되넌겨. 조사구 자시구 할 것 읎이."
사내가 말했다.
"보따리점 끌러봐."
청년이 보퉁이를 끌렀는데, 옷가지 몇 점과 사진 한 장 그리고 개떡 한 개가 전부였다.

 빨갱이들은 그저 세게 때려야 되는 거야. 조사고 뭐고 할 것 없이."
사내가 말했다.
"보따리 좀 끌러봐."
청년이 보퉁이를 끌렀는데, 옷가지 몇 점과 사진 한 장 그리고 개떡 한 개가 전부였다.

족치다

못 견딜 정도로 몹시 괴롭히거나 다그치다.

● **잔월**殘月 "어이, 대강 족쳐서 지서루 넘겨."
청년이 왈칵 아낙 어깨를 잡아당겼다. 아낙 몸이 앞쪽으로 쏠리면서 아이가 아낙 치맛자락에 걸려 옆으로 넘어졌다.
"엄니이."
"아가. 영뵉아."

 "어이, 대강 괴롭혀서 지서루 넘겨."
청년이 왈칵 아낙 어깨를 잡아당겼다. 아낙 몸이 앞쪽으로 쏠리면서 아이가 아낙 치맛자락에 걸려 옆으로 넘어졌다.
"어머니."
"아가. 영복아."

136

가붓하다

무게가 조금 가볍다.

● **오막살이 집 한 채**　　따악, 하는 가붓한 갈이소리와 함께 중년사내 오른손 검지와 중지 사이에 끼워져 있던 흰돌 한 개가 판 위에 떨어졌다. 칫수 높은 비자목 바둑판을 사이에 두고 마주앉은 소년이 기다렸다는 듯이 궁둥이를 들어 올리며 검은돌 한 개를 판 위에 올려놓았고, 잠시 판을 둘러보던 중년이 돌을 놓았다.

따악, 하는 가벼운 마찰음과 함께 중년 사내 오른손 검지와 중지 사이에 끼워져 있던 흰 돌 한 개가 판 위에 떨어졌다. 칫수 높은 비자목 바둑판을 사이에 두고 마주앉은 소년이 기다렸다는 듯이 궁둥이를 들어 올리며 검은 돌 한 개를 판 위에 올려놓았고, 잠시 판을 둘러보던 중년이 돌을 놓았다.

부유스름하다

조금 부연 듯하다.

● **오막살이 집 한 채** 그는 길게 연기를 내뿜으면서 창문께로 눈길을 던졌다. 아직도 서천에 걸려 있는 잔월殘月과 밤새도록 내린 눈빛으로 해서 군데군데 기워진 채로 누렇게 빛바랜 문 창호지가 우윳빛으로 부유스름했다.

그는 길게 연기를 내뿜으면서 창문께로 눈길을 던졌다. 아직도 서천에 걸려 있는 스러져가는 달과 밤새도록 내린 눈빛으로 해서 군데군데 기워진 채로 누렇게 빛바랜 문 창호지가 우윳빛으로 부연 듯했다.

변해된바위

원래 있던 암석이 열과 압력을 받아 성질이 변한 돌. 변성암.

● 오막살이 집 한 채 　　산 어귀에는 상수리나무며 떡갈나무 같은 넓은잎나무들이 빽빽하게 숲을 이루고 있었고, 대낮에도 하늘이 보이지 않는 숲을 지나면 몇 백년씩 묵은 죽은나무들이 뒹굴고 있는 가파른 멧등이었는데, 거기서부터는 변해된바위로 이루어진 거대한 바위벼랑이 피라밋 꼴로 차츰 아득해지는 것이었다.

산 첫머리에는 상수리나무며 떡갈나무 같은 넓은잎나무들이 빽빽하게 숲을 이루고 있었고, 대낮에도 하늘이 보이지 않는 숲을 지나면 몇백 년씩 묵은 죽은 나무들이 뒹굴고 있는 가파른 산이었는데, 거기서부터는 변성암으로 이루어진 거대한 바위 벼랑이 피라미드 꼴로 차츰 아득해지는 것이었다.

개호지

호랑이 새끼. 개호주.

● **오막살이 집 한 채** 멧등과 멧등 사이 골짜기에서는 대낮에도 승냥이며 개호지 같은 맹수들이 울부짖었고, 숲에서는 사나운 날짐승들이 깃을 치는 소리가 소낙비처럼 쏟아지는 것이어서, 사람들은 단지 먼 빛으로 그 산을 바라보기만 할 뿐, 누구도 그 산을 올라가 볼 마음을 내지 못하는 것이었다.

산과 산 사이 골짜기에서는 대낮에도 승냥이며 호랑이 새끼 같은 맹수들이 울부짖었고, 숲에서는 사나운 날짐승들이 깃을 치는 소리가 소낙비처럼 쏟아지는 것이어서, 사람들은 단지 먼 빛으로 그 산을 바라보기만 할 뿐, 누구도 그 산을 올라가 볼 마음을 내지 못하는 것이었다.

팔매선

곡선

● **오막살이 집 한 채** 소년은 눈이 부신 듯 한 손으로 이마를 가리우고 날아오르는 까치를 올려다보다가, 울 밑에 놓인 오지 항아리 앞에서 바지단추를 끄른다. 하얀 물줄기가 더운 김을 뿜으며 작은 팔매선을 그리는데, 소년 눈길은 높은 산 쪽으로 쏠려 있다. 온통 산을 덮고 있는 흰눈이 눈부신 듯 소년은 자꾸 손등으로 눈께를 부빈다.

소년은 눈이 부신 듯 한 손으로 이마를 가리우고 날아오르는 까치를 올려다보다가, 울 밑에 놓인 오지 항아리 앞에서 바지 단추를 끄른다. 하얀 물줄기가 더운 김을 뿜으며 작은 곡선을 그리는데, 소년 눈길은 높은 산 쪽으로 쏠려 있다. 온통 산을 덮고 있는 흰 눈이 눈부신 듯 소년은 자꾸 손등으로 눈께를 부빈다.

도장밥

도장을 찍은 것처럼 둥근 모양으로 발생하는 피부병. 도장 부스럼.

● **오막살이 집 한 채** 알밤처럼 야물어 보이는 머리통 정수리에는 허연 도장밥이 찍혀 있고 계집아이처럼 갸름하니 선이 고운 얼굴에는 비늘처럼 마른버짐이 돋아 있는데, 부르르 진저리를 치면서 질끈 감았다 뜨는 눈동자가 물빛으로 해맑다.

알밤처럼 야물어 보이는 머리통 정수리에는 허연 도장 부스럼이 찍혀 있고 계집아이처럼 갸름하니 선이 고운 얼굴에는 비늘처럼 마른버짐이 돋아 있는데, 부르르 진저리를 치면서 질끈 감았다 뜨는 눈동자가 물빛으로 해맑다.

네둘레

동쪽, 서쪽, 남쪽, 북쪽 네 방위를 아울러 이르는 말.

● 오막살이 집 한 채 고요하다. 이따금 들려오는 낙숫물 소리로 해서 네둘레가 더욱 고요한 느낌이다. 잠깐 낙숫물소리에 귀를 기울이던 소년은 방을 나온다.

고요하다. 이따금 들려오는 낙숫물 소리로 해서 사방이 더욱 고요한 느낌이다. 잠깐 낙숫물 소리에 귀를 기울이던 소년은 방을 나온다.

목자배기

둥그넓적하고 아가리가 쩍 벌어진 나무 그릇으로 손잡이가 네 개 있음.

● **오막살이 집 한 채** "할머니는 왜 대이구 날더러…… 아부지냐구 물어쌓넌댜."
아낙은 오른손으로 목자배기 한 쪽 귀를 잡고 왼쪽 손바닥을 자배기 속에 넣어 시래기가닥이 쏟아지지 않게 하면서 물을 기울였다. 흙검불이 섞인 탁한 물이 소년 고무신 콧등을 적시며 흘러갔다.

 "할머니는 왜 자꾸 나한테…… 아버지냐고 물어보는 거야."
아낙은 오른손으로 나무 자배기 한 쪽 귀를 잡고 왼쪽 손바닥을 자배기 속에 넣어 시래기 가닥이 쏟아지지 않게 하면서 물을 기울였다. 흙검불이 섞인 탁한 물이 소년 고무신 콧등을 적시며 흘러갔다.

서산대

책을 읽을 때, 글줄이나 글자를 짚기도 하고 서산을 눌러두기도 하는 가는 막대기.
서산書算. 글 읽는 차례를 세는 몬

● **오막살이 집 한 채**   땅뺏기, 딱지치기, 구슬치기, 자치기, 팽이치기, 제기차기, 연날리기, 쥐불놀이…… 사랑채에서 들려오던 할아버지 기침 소리, 천자문을 배우다가 서산대로 종아리를 맞던 일, 넓고 따뜻하던 할머니 등, 언제나 골방에서 혼자 바둑만 두던 아버지, 까만 양복에 각진 모자를 쓰고 예쁜 아줌마와 함께 왔던 큰삼촌, 읍내 여학교에 다니던 고모…….

"땅뺏기, 딱지치기, 구슬치기, 자치기, 팽이치기, 제기차기, 연날리기, 쥐불놀이…… 사랑채에서 들려오던 할아버지 기침 소리, 천자문을 배우다가 책 읽을 때 쓰는 막대기로 종아리를 맞던 일, 넓고 따뜻하던 할머니 등, 언제나 골방에서 혼자 바둑만 두던 아버지, 까만 양복에 각진 모자를 쓰고 예쁜 아줌마와 함께 왔던 큰삼촌, 읍내 여학교에 다니던 고모…….

깜냥

스스로 일을 헤아리는 능력.

● **오막살이 집 한 채** 중년이 놀란 얼굴로 소년을 바라보았다.
"너…… 대단한 실력이구나. 혹시 아저씨를 봐준 건 아니겠지? 먼 길 떠나는 사람이라고."
소년이 빙글거렸다.
"에이 아저씨두. 바둑 두면서 봐주넌 게 워딨대유. 깜냥대루 두넌 거지."

 중년이 놀란 얼굴로 소년을 바라보았다.
"너…… 대단한 실력이구나. 혹시 아저씨를 봐준 건 아니겠지? 먼 길 떠나는 사람이라고."
소년이 빙글거렸다.
"에이 아저씨도. 바둑 두면서 봐주는 게 어디 있나요. 능력대로 두는 거지."

실토정

사정이나 심정을 솔직하게 말함.

● **오막살이 집 한 채** 그 아이는 무슨 말인가를 할 듯 입술을 쫑긋거리다가 가만히 아랫입술을 깨물었다.…… 실토정이루 말씸헤 주세유, 선상님. 엄마 목소리는 가느다랗게 떨리고 있었다. 무엇을 말씀인지?…… 다 알어유. 선상님이 아무 말씸 안 허셔두 즈인 다 알어유. 애 아부지 소식을 선상님이 알구 기시다넌걸.

그 아이는 무슨 말인가를 할 듯 입술을 쫑긋거리다가 가만히 아랫입술을 깨물었다.…… 사실대로 말씀해 주세요, 선생님. 엄마 목소리는 가느다랗게 떨리고 있었다. 무엇을 말씀인지?…… 다 알어요. 선생님이 아무 말씀 안 하셔도 저흰 다 알어요. 애 아버지 소식을 선생님이 알고 계시다는 걸."

내소박

아내가 남편을 구박하고 모질게 대함.

● **풍적**風笛 그럴 리가 없다며 확인행정을 하러 현장으로 갔던 고위관리 하나가 그 고약한 냄새를 묻혀가지고 돌아갔다가 부인으로부터 내소박을 당했다는 소문이 떠돌고부터는 더구나 누구도 그 얼안 모두에 다가들 생각을 하지 않았다.

그럴 리가 없다며 확인 행정을 하러 현장으로 갔던 고위관리 하나가 그 고약한 냄새를 묻혀 가지고 돌아갔다가 부인으로부터 모진 구박을 당했다는 소문이 떠돌고부터는 더구나 누구도 그 테두리 안에 다가들 생각을 하지 않았다.

뻑뻑이

미루어 헤아려 보건대 틀림없이. 응당.

● **풍적**風笛 그랬다. 진실로 뻑뻑이 새 세상이 되기 위해서는 다스리는 자도 다스림을 받는 자도 없이 사람사람이 모두가 나라 주인이 되어 스스로 말미암은 뜻대로 보고 듣고 생각하고 말하고 쓰고 움직일 수 있어야 될 것이었다. 보고 듣고 말하고 쓰고 움직이는 데 털끝 한 올 걸림이라도 있는 세상이라면 그런 세상은 이미 새 세상일 수가 없는 것이었다.

그랬다. 진실로 틀림없이 새 세상이 되기 위해서는 다스리는 자도 다스림을 받는 자도 없이 사람 사람이 모두가 나라 주인이 되어 스스로 말미암은 뜻대로 보고 듣고 생각하고 말하고 쓰고 움직일 수 있어야 될 것이었다. 보고 듣고 말하고 쓰고 움직이는 데 털끝 한 올 걸림이라도 있는 세상이라면 그런 세상은 이미 새 세상일 수가 없는 것이었다.

명토 박다

꼭 집어서 가리키다.

● **풍적**風笛　그런데 그런 세상이라면 저 석씨釋氏 문도門徒들이 말하는 미륵정토요 노씨老氏 도도道徒들이 말하는 신선세계이며 또 야소耶蘇 신도信徒들이 주장하는 천당세계일 것이고, 노씨며 야소는 명토박아 그 햇수를 말한 바 없다니 그만두고 석씨 문도들이 주장하는 미륵정토만을 보더라도 그들 말대로라면 석씨 타계 후 56억 7천만 년이 지나야 올 것이 아닌가?

그런데 그런 세상이라면 저 석가모니 제자들이 말하는 미륵정토요 노자 제자들이 말하는 신선세계이며 또 예수 신도들이 주장하는 천당세계일 것이고, 노자며 예수는 콕 집어 그 햇수를 말한 바 없다니 그만두고 석가모니 제자들이 주장하는 미륵정토만을 보더라도 그들 말대로라면 석가모니 타계 후 56억 7천만 년이 지나야 올 것이 아닌가?

풀잎사람들

백성을 질긴 생명력을 지닌 잡초에 비유하여 이르는 말.

● **풍적**風笛 　아득한 얘기였고, 새 세상이 진실로 아득한 세상인 것이라면 하늘로 머리를 두고 두 발로 땅을 딛고 사는 풀잎사람들로서는 그저 눈 가리고 귀 닫고 입 막고 그저 주면 주는 대로 먹고 때리면 때리는 대로 맞으면서 죽은듯이 살아야 할 것이었다.

아득한 얘기였고, 새 세상이 진실로 아득한 세상인 것이라면 하늘로 머리를 두고 두 발로 땅을 딛고 사는 서민들로서는 그저 눈 가리고 귀 닫고 입 막고 그저 주면 주는 대로 먹고 때리면 때리는 대로 맞으면서 죽은 듯이 살아야 할 것이었다.

허희탄식

한숨지으며 탄식함.

● **풍적**風笛　허희탄식을 하며 갈라터져 피가 나오는 메마른 입술로 오랫동안 장죽만 빨고 있던 노인은 이윽고 품속에 간직했던 자식 저고리를 꺼내들고는 시쳇더미가 한눈에 보이는 산언덕으로 올라갔다. 그 노인은 후둘거리는 두 팔을 활짝 벌려 저고리를 펼쳐들고는, "봉아, 봉아, 봉아."하고 울음 소리로 세 번 망자亡子 이름을 불렀다.

한숨지으며 탄식하며 갈라터져 피가 나오는 메마른 입술로 오랫동안 긴 담뱃대만 빨고 있던 노인은 이윽고 품속에 간직했던 자식 저고리를 꺼내들고는 시쳇더미가 한눈에 보이는 산언덕으로 올라갔다. 그 노인은 후둘거리는 두 팔을 활짝 벌려 저고리를 펼쳐 들고는, "봉아, 봉아, 봉아."하고 울음소리로 세 번 죽은 아들 이름을 불렀다.

고빗사위

중요한 고비 가운데서도 가장 아슬아슬한 순간.

● **풍적**風笛　그들 얼굴은 가면처럼 무표정했고 아무런 감정도 드러내지 않았다. 오히려 다정하고 상냥했으며 따스하게 살푸슴 하였다. 그러다가 고빗사위를 잡아챘다 싶으면, 이마는 갑자기 번들거리고 검처럼 날카롭게 코끝을 세우면서 광적인 열정으로 눈빛은 번쩍이는 것이었다.

그들 얼굴은 가면처럼 무표정했고 아무런 감정도 드러내지 않았다. 오히려 다정하고 상냥했으며 따스하게 살포시 웃었다. 그러다가 아슬아슬한 순간을 잡아챘다 싶으면, 이마는 갑자기 번들거리고 검처럼 날카롭게 코끝을 세우면서 광적인 열정으로 눈빛은 번쩍이는 것이었다.

추연하다

처량하고 슬프다.

● **풍적**風笛 역시 무심한 얼굴이었다. 아니, 무심하다기보다는 차라리 쓸쓸해 보이는 얼굴이었다. 성긴 머리는 백발이었고 눈은 짓물렀으며 깊게 파인 이마 고랑에는 짙은 그늘이 드리웠는데, 이빨이 없어 홀쭉한 양볼에는 추연한 수심이 어려 있었다.

역시 무심한 얼굴이었다. 아니, 무심하다기보다는 차라리 쓸쓸해 보이는 얼굴이었다. 성긴 머리는 백발이었고 눈은 짓물렀으며 깊게 파인 이마 고랑에는 짙은 그늘이 드리웠는데, 이빨이 없어 홀쭉한 양 볼에는 처량하고 슬픈 근심이 어려 있었다.

그예

마지막에 가서는.

● 풍적風笛 　마찬가지래두, 그예. 진실로 실답게 혼을 기울여 그것들을 좋아하지 않았을진대, 살생과 무엇이 다른고?"

"………."

"자네 육것을 하는가?"

"즐기지는 않지만…… 금하지는 않습니다."

마찬가지래두, 마지막에는. 진실로 참되게 혼을 기울여 그것들을 좋아하지 않았을진대, 살생과 무엇이 다른고?"

"………."

"자네 고기를 먹는가?"

"즐기지는 않지만…… 금하지는 않습니다."

동대다

도중에 떨어지지 않게 줄달아 잇대다.

● **풍적**風笛 "어떤 생명이든 생명은 다 마찬가지로 귀중하고 한 번뿐인 목숨이 아니던가?"

"……….."

"동대보시게."

언제부터인가 하게를 하기 시작한 늙은이는 심문관처럼 재촉했고, 그가 말했다.

"어떤 생명이든 생명은 다 마찬가지로 귀중하고 한 번뿐인 목숨이 아니던가?"

"……….."

"계속 말해 보시게."

언제부터인가 하게를 하기 시작한 늙은이는 심문관처럼 재촉했고, 그가 말했다.

차착

순서가 틀리고 앞뒤가 서로 맞지 않음.

● **풍적**風笛 "더불어 함께 살고 싶었습니다. 나 혼자 잘 살겠다는 생각은 추호도 해본 적이 없습니다. 가난하면 가난한 대로 평등하게 살 수 있는 세상을 원했습니다."
"기특한 생각을 했었구먼. 허나, 강을 건널 땐 말을 잘 해야 하리. 일호라도 차착이 있을 시엔 용서가 없을 테니."

"더불어 함께 살고 싶었습니다. 나 혼자 잘 살겠다는 생각은 추호도 해본 적이 없습니다. 가난하면 가난한 대로 평등하게 살 수 있는 세상을 원했습니다."
"기특한 생각을 했었구먼. 그러나, 강을 건널 땐 말을 잘해야 하리. 조금이라도 틀림이 있을 시엔 용서가 없을 테니."

등살닫다

마음먹은 대로 되지 않아 몹시 안타까워하다.

● **풍적**風笛 "빨리 좀 갑시다."

"다 와갑넨다."

"벌써 어두워지는데…… 이거 큰일났는걸."

그는 등살달아 중얼거렸고, 끙 하고 늙은이는 힘을 썼다.

 "빨리 좀 갑시다."

"다 와 갑니다."

"벌써 어두워지는데…… 이거 큰일 났는걸."

그는 몹시 안타까워하며 중얼거렸고, 끙 하고 늙은이는 힘을 썼다.

풍구질하다

바람을 일으키는 풍구로 곡물에 섞인 쭉정이, 겨, 먼지 따위를 날려 없애는 일을 하다.

● **풍적**風笛 지아비는 밭 갈고 지어미는 씨 뿌리고, 지어미는 풍구질하고 지아비는 망치질하고…… 그렇게 필부필부匹夫匹婦로 범용하게 살면서 그 범용한 삶 속에서 삶의 행복을 구하고 또 맛보는 그런 생활을 원했을 것이었다.

지아비는 밭 갈고 지어미는 씨 뿌리고, 지어미는 풍구로 쭉정이를 날리고 지아비는 망치질하고…… 그렇게 보통의 남편과 아내로 평범하게 살면서 그 평범한 삶 속에서 삶의 행복을 구하고 또 맛보는 그런 생활을 원했을 것이었다.

낱몸

하나의 생물로서 생존하는 데 필요한 기능과 구조를 갖춘 최소 단위. 개인.

● **풍적**風笛 모두 함께 평등하게 살 수 있는 훌륭한 세상이 될 때까지 사사로운 낱몸 삶을 덮어두자는 말 속에는 얼마나 모순된 독선이 숨어 있는가. 울컥하고 뉘우침 같은 그리움이 솟구쳐올랐다. 그는 눈을 감았다.

모두 함께 평등하게 살 수 있는 훌륭한 세상이 될 때까지 사사로운 개인 삶을 덮어두자는 말 속에는 얼마나 모순된 독선이 숨어 있는가. 울컥하고 뉘우침 같은 그리움이 솟구쳐올랐다. 그는 눈을 감았다.

실답다

꾸밈이 없이 참되고 미덥다.

● **풍적**風笛　　마찬가지래두, 그예. 진실로 실답게 혼을 기울여 그것들을 좋아하지 않았을진대, 살생과 무엇이 다른고?"

"……… ."

"자네 육것을 하는가?"

"즐기지는 않지만…… 금하지는 않습니다."

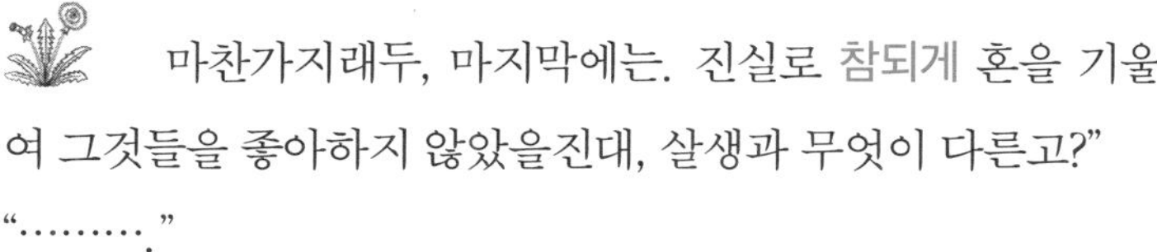

마찬가지래두, 마지막에는. 진실로 참되게 혼을 기울여 그것들을 좋아하지 않았을진대, 살생과 무엇이 다른고?"

"……… ."

"자네 고기를 먹는가?"

"즐기지는 않지만…… 금하지는 않습니다."

161

방치

엉덩이.

● **풍적**風笛　얼굴은 복스럽게 둥글고 허리는 가늘었는데 무엇보다도 크고 탄력이 넘치는 궁둥이를 갖고 있어 제일로 기꺼워한 것이 모친이었다.
자고로 지집은 그저 방치가 실헤야 복이 있구 생산을 잘 허너니.

얼굴은 복스럽게 둥글고 허리는 가늘었는데 무엇보다도 크고 탄력이 넘치는 궁둥이를 갖고 있어 제일로 기뻐한 것이 모친이었다.
예로부터 계집은 그저 엉덩이가 튼튼해야 복이 있고 애를 잘 낳느니.

냉족

가난하고 문벌이 없는 집안.

● **풍적**風笛 찢어지게 빈궁한 살림이 허물이었지만 그래도 내력 있는 냉족冷族이요 신랑 하나 똑똑한 것 믿고 준 딸이라고 양반에 한이 맺힌 몰락 양반 장인이 나중에 말했다.

찢어지게 빈궁한 살림이 허물이었지만 그래도 내력 있는 가난한 집안이요 신랑 하나 똑똑한 것 믿고 준 딸이라고 양반에 한이 맺힌 몰락 양반 장인이 나중에 말했다.

종주먹을 대다

주먹을 쥐어지르며 을러대다.

● **풍적**風笛 집안이 빈궁한 거야 앞으로 살아가기 나름이지만 허구헌날 잡혀가고 쫓겨 다니는 꼴은 차마 볼 수 없으니, 어떻게 할 거냐고 종주먹을 대던 장인이었다.

집안이 빈궁한 거야 앞으로 살아가기 나름이지만 오랫동안 잡혀가고 쫓겨 다니는 꼴은 차마 볼 수 없으니, 어떻게 할 거냐고 주먹으로 을러대던 장인이었다.

기하다

마음에 꺼림칙하게 여겨 가리거나 피하다.

● **풍적**風笛　　떨리는 손끝으로 그 여자는 등잔 심지를 눌렀다.
이런 것 좀 벗고 살면 안 되오. 원 이 염천에.
즘잖지 뭇허게 왜 이러신대유.
기할 게 뭐 있소. 내외지간에.

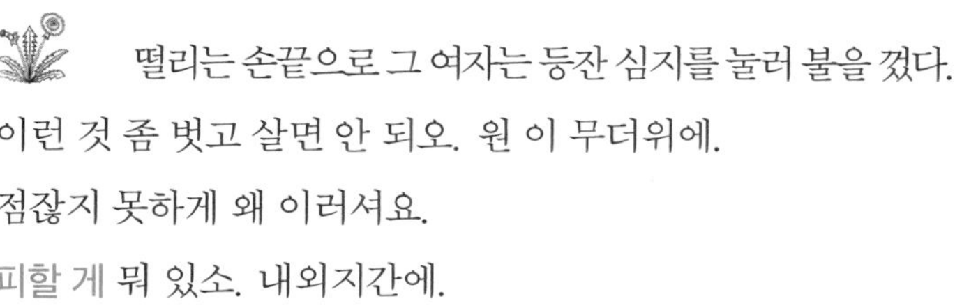

떨리는 손끝으로 그 여자는 등잔 심지를 눌러 불을 껐다.
이런 것 좀 벗고 살면 안 되오. 원 이 무더위에.
점잖지 못하게 왜 이러셔요.
피할 게 뭐 있소. 내외지간에.

어섯

사물 한 부분에 지나지 않는 정도.

● **풍적**風笛 등받이 어섯이 머리 높이와 꼭 같게 되어 있는 육중한 쇠걸상이었고 몸 전체가 걸상에 고정되게 묶여 있어 고개를 돌리거나 숙일 수도 없었다. 눈은 언제나 정면을 바라보게 되어 있어 앞을 보지 않으려면 눈을 감고 있는 수밖에 없었고, 눈을 감거나 뜨는 것만이 스스로 의사로 할 수 있는 유일한 행동이었다.

등받이 부분이 머리 높이와 꼭 같게 되어 있는 육중한 쇠걸상이었고 몸 전체가 걸상에 고정되게 묶여 있어 고개를 돌리거나 숙일 수도 없었다. 눈은 언제나 정면을 바라보게 되어 있어 앞을 보지 않으려면 눈을 감고 있는 수밖에 없었고, 눈을 감거나 뜨는 것만이 스스로 의사로 할 수 있는 유일한 행동이었다.

가시랑비

가랑비. 가늘게 내리는 비.

● **풍적**風笛 겨우 발목을 적시는 얕은 냇물이어서 526번은 두 주먹을 불끈 쥐고 달음박질쳐 달려갔는데, 잡힐 듯 잡힐 듯 저 언덕은 잡히지 않고 끝날 듯 끝날 듯 끝나지 않고 냇물은 다시 또 이어져 흘러가는 것이어서, 봄날 아침 무렵 옛살라비 집 사립문 위로 뻗어 올라간 호박잎을 적시던 가시랑비처럼 자욱하게 깔려 있는 저 언덕 아지랑이 속에 마침내 발을 딛게 되었을 때는, 막 어둑새벽이 걷힐 무렵이었다.

겨우 발목을 적시는 얕은 냇물이어서 526번은 두 주먹을 불끈 쥐고 달음박질쳐 달려갔는데, 잡힐 듯 잡힐 듯 저 언덕은 잡히지 않고 끝날 듯 끝날 듯 끝나지 않고 냇물은 다시 또 이어져 흘러가는 것이어서, 봄날 아침 무렵 고향 집 사립문 위로 뻗어 올라간 호박잎을 적시던 가랑비처럼 자욱하게 깔려있는 저 언덕 아지랑이 속에 마침내 발을 딛게 되었을 때는, 막 어두운 새벽이 걷힐 무렵이었다.

산판트럭

나무를 높이 실은 트럭.

● **풍적**風笛 526번은 마음이 급해서 자꾸만 사방을 둘러보았는데, 자동차는 보이지 않았고 하루에 한 번씩 다니는 여객 자동차만이 아니라 군정청 관공리를 끼고 해먹느라 연락부절로 달려가는 산판트럭도 보이지 않는 것이어서, 할 수 없이 그는 신작롯길을 따라 달음박질쳐 달려가는 수밖에 없었다.

526번은 마음이 급해서 자꾸만 사방을 둘러보았는데, 자동차는 보이지 않았고 하루에 한 번씩 다니는 여객 자동차만이 아니라 군정청 관공리를 끼고 해먹느라 연락이 끊긴 채로 달려가는 나무를 실은 트럭도 보이지 않는 것이어서, 할 수 없이 그는 새로 난 길을 따라 달음박질쳐 달려가는 수밖에 없었다.

디립다

들입다. 무지막지할 정도로 아주 세차게.

● **풍적**風笛 "아, 양력이루 지난 스무닷새날 북선빙대가 거시긔 땅끄 라나 뭐라나를 몰구 디립다 밀구 네려와서 궉방군이 일패도지허구 거시긔 이박사가 한강다리를 넘어 야반도주를 했다넌디, 대전은 시방 워치게 됬더냔 말씸유?"
"아."
하고 526번은 숨을 삼켰다.

"아, 양력으로 지난 스무닷새날 북조선군대가 거시기 탱크라나 뭐라나를 몰고 무지막지하게 밀고 내려와서 국방군이 여지없이 패하고 거시기 이박사가 한강 다리를 넘어 야반도주를 했다는데, 대전은 지금 어떻게 됐더냐는 말씀이요?"
"아."
하고 526번은 숨을 삼켰다.

엉그름지다

말라 터져서 넓게 금이 벌어지다.

● **풍적**風笛　천안에서 장항선으로 갈아타고 대천에서 기차를 내려 신작롯길 삼십리 를 달려가든가 아니면 광천에서 기차를 내려 새재고개 삼십 리를 걸어 올라갈 작정을 하고 크림 한 통을 샀는데, 수줍게 아미를 비틀어 숙이며 자꾸만 등 뒤로 감추던 안해 갈라터져 엉그름진 손등이 눈에 밟혔고, 달음박질쳐 그는 기차에 올랐다.

천안에서 장항선으로 갈아타고 대천에서 기차를 내려 신작롯길 삼십리 를 달려가든가 아니면 광천에서 기차를 내려 새재고개 삼십 리를 걸어 올라갈 작정을 하고 크림 한 통을 샀는데, 수줍게 고개를 비틀어 숙이며 자꾸만 등 뒤로 감추던 아내 갈라터져 금이 간 손등이 눈에 밟혔고, 달음박질쳐 그는 기차에 올랐다.

어둑새벽

날이 밝기 전 어두운 새벽.

● **풍적**風笛 겨우 발목을 적시는 얕은 냇물이어서 526번은 두 주먹을 불끈 쥐고 달음박질쳐 달려갔는데, 잡힐 듯 잡힐 듯 저 언덕은 잡히지 않고 끝날 듯 끝날 듯 끝나지 않고 냇물은 다시 또 이어져 흘러가는 것이어서, 봄날 아침 무렵 옛살라비 집 사립문 위로 뻗어 올라간 호박잎을 적시던 가시랑비처럼 자욱하게 깔려 있는 저 언덕 아지랑이 속에 마침내 발을 딛게 되었을 때는, 막 어둑새벽이 걷힐 무렵이었다.

겨우 발목을 적시는 얕은 냇물이어서 526번은 두 주먹을 불끈 쥐고 달음박질쳐 달려갔는데, 잡힐 듯 잡힐 듯 저 언덕은 잡히지 않고 끝날 듯 끝날 듯 끝나지 않고 냇물은 다시 또 이어져 흘러가는 것이어서, 봄날 아침 무렵 고향 집 사립문 위로 뻗어 올라간 호박잎을 적시던 가랑비처럼 자욱하게 깔려있는 저 언덕 아지랑이 속에 마침내 발을 딛게 되었을 때는, 막 어둑어둑한 새벽이 걷힐 무렵이었다.

범연하다

특별한 관심이 없어 데면데면하다.

● **풍적**風笛 부탁안이한들 범연하실니 업지만 련희를 깁히 사랑하는 마음에 자연 이런말을 쓰게되는 것이오. 도리를 먼저 하고 욕심을 뒤에 하면 후회가 업고 마음이 윤택하야진다 함니다.

부탁하지 않아도 무관심할 리 없지만 연희를 깊이 사랑하는 마음에 자연 이런 말을 쓰게 되는 것이오. 도리를 먼저 하고 욕심을 뒤에 하면 후회가 없고 마음이 윤택해진다 합니다.

삿자리

갈대를 여러 가닥으로 줄지어 매거나 묶어서 만든 자리.

● **풍적**風笛　천안역에서 장항선 기차를 바꿔타고 대천역에 내렸을 때는 아침나절이었다. 밤새도록 기차는 달려왔던 것이다. 아침나절인데도 정거장에는 많은 사람들이 모여 있었다. 그들은 저마다 혹은 솥단지를 머리에 이고 혹은 옷보퉁이를 가슴에 안고 혹은 삿자리를 등에 지고서 기차를 기다리고 있었다.

천안역에서 장항선 기차를 바꿔타고 대천역에 내렸을 때는 아침나절이었다. 밤새도록 기차는 달려왔던 것이다. 아침나절인데도 정거장에는 많은 사람들이 모여 있었다. 그들은 저마다 혹은 솥단지를 머리에 이고 혹은 옷보퉁이를 가슴에 안고 혹은 갈대로 엮은 자리를 등에 지고서 기차를 기다리고 있었다.

철마구리

참개구리의 일종.

● **풍적**風笛 어느 시인이 노래한 〈北方의 길〉이라는 시가 떠올랐다.

눈덮힌 鐵路는 더욱 싸늘하엿다
소반귀퉁이 옆에 앉은 農軍에게서는 송아지의 냄새가 난다
힘없이 우스면서 車만 타면 北으로 간다고
어린애는 운다 철마구리울 듯
車窓이 고향을 지워버린다
어린애가 유리窓을 쥐어뜯으며 몸부림친다

어느 시인이 노래한 〈北方의 길〉이라는 시가 떠올랐다.
눈덮인 철로는 더욱 싸늘하였다
소반 귀퉁이 옆에 앉은 농군에게서는 송아지의 냄새가 난다
힘없이 웃으면서 차만 타면 북으로 간다고
어린애는 운다 참개구리 울듯
차창이 고향을 지워버린다
어린애가 유리창을 쥐어뜯으며 몸부림친다

짱짱하다

전혀 부족함이 없다. 충분하다.

● **풍적**風笛　　신작로는 산허리를 돌아 끝없이 이어지고 있었다. 빠듯한 차비를 나눠 안해한테 줄 크림을 샀으므로 집까지 삼십리 길을 걸을 수 밖에 없었다. 삼십 리가 짱짱한 길이었으나 눈을 감아도 선한 길이었고, 언제나 걸어서 다녔던 것이다.

신작로는 산허리를 돌아 끝없이 이어지고 있었다. 빠듯한 차비를 내놓아 아내에게 줄 크림을 샀으므로 집까지 삼십 리 길을 걸을 수밖에 없었다. 삼십 리가 충분한 길이었으나 눈을 감아도 선한 길이었고, 언제나 걸어서 다녔던 것이다.

장구배미

장구 모양과 같이 가운데가 잘록하게 생긴 논배미.

● **풍적**風笛 이 논배미를 어서 매고 장구배미로 건너가자. 어여루 상사 뒤여. 서마지기 한 배미가 반달만큼 남었네 네가 무슨 반달이냐 초생달이 반달이지. 어여루 상사뒤여. 담배 먹세 담배 먹세 담배 먹고 다시 매세. 두리둥둥 꽤갱맥 어널널널 상사 루뒤여…….

이 논배미를 어서 매고 장구처럼 생긴 논배미로 건너가자. 어여루 상사 뒤여. 서 마지기 한 배미가 반달만큼 남았네 네가 무슨 반달이냐 초생달이 반달이지. 어여루 상사뒤여. 담배 먹세 담배 먹세 담배 먹고 다시 매세. 두리둥둥 꽤갱맥 어널널널 상사 루뒤여…….

억장이 무너지다

슬픔이나 고통이 지나쳐 매우 절망하다.

● **풍적**風笛 담배 생각이 났지만 명치끝이 졸아들고 억장이 무너지는 것처럼 그립고 안타깝고 슬프고 쓸쓸하고 외롭고 허무한 마음을 달래줄 한 가치 담배도 끓는 물을 들어부은 것처럼 타는 목젖을 식혀줄 한 바가지 샘물도 보이지 않았다.

담배 생각이 났지만 명치끝이 졸아들고 아주 절망적으로 그립고 안타깝고 슬프고 쓸쓸하고 외롭고 허무한 마음을 달래줄 한 가치 담배도 끓는 물을 들어부은 것처럼 타는 목젖을 식혀줄 한 바가지 샘물도 보이지 않았다.

빅

바둑에서, 쌍방 집 수효가 같아 비김.

● **풍적**風笛 "그런데 어찌하여 어르신네들께서는 바둑을 두시는지요? 마음으로나마 바둑을 두고 또 승부를 가리시는지요?"
"화국을 만들고자 함일세."
"화국이라면…… 빅 말씀이신지요?"
"얽혀 있는 사슬을 풀고 맺혀 있는 한을 풀어서 서로 함께 살아가야 할 것이 아닌가?"

"그런데 어찌하여 어르신네들께서는 바둑을 두시는지요? 마음으로나마 바둑을 두고 또 승부를 가리시는지요?"
"화국을 만들고자 함일세."
"화국이라면…… 흑과 백의 비김 말씀이신지요?"
"얽혀 있는 사슬을 풀고 맺혀 있는 한을 풀어서 서로 함께 살아가야 할 것이 아닌가?"

상기

아직.

● **풍적**風笛　"…… 어르신네들은 국수이신지요?"

"국수라니? 면 말인가?"

"나라 안에서 첫째로 바둑을 잘 두는 어른 말씀입니다."

"어허. 이 아희가 상기도 화택 습기習氣를 못 버렸고녀."

백로가 혀를 찼고, 흑로가 물었다.

"기객인가?"

"네?"

　"…… 어르신네들은 국수이신지요?"

"국수라니? 면 말인가?"

"나라 안에서 첫째로 바둑을 잘 두는 어른 말씀입니다."

"어허. 이 아이가 아직도 속세의 습관을 못 버렸구나."

백로가 혀를 찼고, 흑로가 물었다.

"바둑 두는 사람인가?"

"네?"

순장바둑

1940년대까지 많이 둔 한국 고유 바둑으로, 포진을 미리 해놓고 직접 전투로 들어가는 형식상 특징이 있음.

● **풍적**風笛 오호 애재哀栽요 오호 통재痛哉라. 왜적 무리가 이 강산을 짓밟는고녀.
죽재 목소리가 점점 작아졌다.
의경아. 바둑을 배우되 우리 조선 순장巡將 바둑을 배우거라. 잔나비같이 경경輕輕한 왜바둑을 배우지 말고…….

 아 슬프고 애통하구나. 왜적 무리가 이 강산을 짓밟는구나.
죽재 목소리가 점점 작아졌다.
의경아. 바둑을 배우되 우리 조선 고유의 바둑을 배우거라. 잔나비같이 얍삽한 왜바둑을 배우지 말고…….

색등거리

색동으로 소매를 대어 만든 어린아이용 웃옷.

● **풍적**風笛　각리선생角理先生 미국사람 세상사를 모다 잊고 백우선白羽扇으로 낮을 가리고 반만 비껴 요만하고 앉어 있고 청의동자青衣童子 조선사람 쌍상투 꽂고 색등거리 호로병 차고 유리대 앵무잔에 불로초 가득히 부어들고 각리선생전에 술진지 하느라고 요만하고 서서 있고…….

각리선생角理先生 미국사람 세상사를 모두 잊고 흰 깃털 부채로 낯을 가리고 반만 비스듬히 요만하고 앉아 있고 청의동자青衣童子 조선사람 쌍상투 꽂고 색동마고자에 호로병 차고 유리대 앵무잔에 불로초 가득히 부어들고 각리선생 앞에 술 접대 하느라고 요만하고 서서 있고…….

미주알

항문을 이루고 있는 창자 끝 부분. 밑살.

● **풍적**風笛　두 노인은 때로는 탄식하고 때로는 쓸쓸하게 웃고 또 때로는 비장한 다짐을 보여주면서 끝없이 자기들이 두고 있는 바둑에 대한 이야기를 나누고 있었는데, 526번은 자꾸 미주알이 졸밋거리면서 금방이라도 오줌이 나올 것만 같았다.

두 노인은 때로는 탄식하고 때로는 쓸쓸하게 웃고 또 때로는 비장한 다짐을 보여주면서 끝없이 자기들이 두고 있는 바둑에 대한 이야기를 나누고 있었는데, 526번은 자꾸 항문 밑살이 실룩거리면서 금방이라도 오줌이 나올 것만 같았다.

짓둥이

몸을 놀리는 모양새를 낮잡아 이르는 말.

● **풍적**風笛　흑로가 526번 두 어깨를 잡았다. 너무 뜻밖에 짓둥이었으므로 526번은 "어어." 하며 입을 벌렸는데, 늙은이가 끙하고 힘을 쓰자 딱딱하게 솔은 가슴팍 선지 부서지는 소리와 함께 담박 수의囚衣가 벗겨졌다.

검은 옷을 입은 노인이 526번 두 어깨를 잡았다. 너무 뜻밖의 몸놀림이었으므로 526번은 "어어." 하며 입을 벌렸는데, 늙은이가 끙하고 힘을 쓰자 딱딱하게 굳은 가슴팍 선지 부서지는 소리와 함께 담박 죄수복이 벗겨졌다.

반두질

반두로 물고기를 몰아 잡는 일. 반두는 양쪽 끝에 가늘고 긴 막대로 손잡이를 댄, 물고기를 잡는 그물.

● **풍적**風笛 저 아래로 강바닥에 깔려 있는 조약돌이며 수초 사이를 헤집고 다니는 붕어며 빠가사리며 모래무지며 새우 같은 물고기들이 손에 잡힐 듯이 보여서 문득 도령시절 멱을 감고 반두질로 고기를 잡던 고향마을 모둠내가 생각났다.

저 아래로 강바닥에 깔려있는 조약돌이며 수초 사이를 헤집고 다니는 붕어며 빠가사리며 모래무지며 새우 같은 물고기들이 손에 잡힐 듯이 보여서 문득 도령 시절 멱을 감고 반두로 물고기를 몰아 잡던 고향마을 모둠내가 생각났다.

대중없이

미리 헤아려 짐작할 수 없이. 어떠한 기준이나 표준을 잡을 수가 없이.

● 눈 오는 밤 눈이었다. 잘 말려 부풀린 햇솜처럼 희고 탐스러운 함박눈이 펑펑 쏟아져내리고 있었다. 주위는 온통 깨끗하게 빨아 넌 옥양목 호청 색깔이었는데 워리란 놈이 허공중을 향하여 뛰어오르며 대중없이 짖어대고 있는 중이었다.

눈이었다. 잘 말려 부풀린 햇솜처럼 희고 탐스러운 함박눈이 펑펑 쏟아져 내리고 있었다. 주위는 온통 깨끗하게 빨아 넌 옥양목 홑청 색깔이었는데 워리란 개가 허공중을 향하여 뛰어오르며 생각없이 짖어대고 있는 중이었다.

상년

지난해.

● **눈 오는 밤** "까치만 울면 뭔 소용이냔 말여, 까치만 울면."
아낙은 말없이 인두를 밀었고 아이는 자꾸 재를 쑤셨다.
"까치는 상년이두 울었잖어. 상년이두 울구 그러께두 울었잖어. 그러께두 울구 그그러께두 울었잖어. 그런디두 아부지는 안 오시잖냔 말여, 아부지는."

"까치만 울면 무슨 소용이냐는 말이여, 까치만 울면."
아낙은 말없이 인두를 밀었고 아이는 자꾸 재를 쑤셨다.
"까치는 지난해에도 울었잖아. 지난해에도 울고 재작년에도 울었잖아. 재작년도 울고 재재작년도 울었잖아. 그런데도 아버지는 안 오시잖냔 말이여, 아버지는."

186

봉창

창틀이나 창짝이 없이 벽을 뚫어서 구멍만 내고 안으로 종이를 발라서 봉한 창.

● 눈 오는 밤　　아이는 화로재를 쑤시던 막대기를 놓고 두 손으로 다시 무릎을 끌어안으며 끌어안은 무릎 위에 턱을 올려놓았고, 아낙은 버릇처럼 또 귀를 기울였다. 고요했다. 워리개도 이제는 잠이 들었는지 봉창 밖에서는 아무런 소리도 들려오지 않는데 밖에는 아직도 눈이 내리는가.

아이는 화로재를 쑤시던 막대기를 놓고 두 손으로 다시 무릎을 끌어안으며 끌어안은 무릎 위에 턱을 올려놓았고, 아낙은 버릇처럼 또 귀를 기울였다. 고요했다. 워리개도 이제는 잠이 들었는지 봉한 창문 밖에서는 아무런 소리도 들려오지 않는데 밖에는 아직도 눈이 내리는가.

오금을 박다

상대가 함부로 말하거나 행동하지 못하게 단단히 이르거나 으르다. 누군가가 모순된 얘기를 하거나 언행이 불일치할 때 그 허점이나 잘못된 점을 들어 따끔하게 공박하는 것을 말함.

● 눈 오는 밤　　아낙이 지그시 눈을 감고 유족하게 살던 친정에서 처녀시절을 회상하는데 아이가 오금을 박았고, 그 여자는 어깨에다 눈을 문질렀다.

"그려. 시집두 망허구 친정두 망허구 난리통거리에 홀딱 망헤뻔졌으니…… 이 노릇을 워척헌다네. 이 노릇을 워척혀."

아낙이 지그시 눈을 감고 유족하게 살던 친정에서 처녀 시절을 회상하는데 아이가 따끔하게 공박했고, 그 여자는 어깨에다 눈을 문질렀다.

"그래. 시집도 망하고 친정도 망하고 난리 통에 홀딱 망해버렸으니…… 이 노릇을 어떡한다니. 이 노릇을 어떡해."

내둥

일삼아 이때껏.

● **눈 오는 밤**　"높은 산 높은 산, 그느믜 높은 산 소린 입이 올리지두 말어. 높은 산이구 얕은 산이구 산 소리만 들으면 꿈속이서두 숨이 맥히니께."
"빌꼴. 내둥 높은 산 높은 산 허구 산 창갈 불러쌓더니 느닷읎이 왜 그런댜?"

"높은 산 높은 산, 그놈의 높은 산 소린 입에 올리지도 말아. 높은 산이고 얕은 산이고 산 소리만 들으면 꿈속에서도 숨이 막히니까."
"별꼴. 이때껏 높은 산 높은 산 하고 산 노래를 불러대더니 느닷없이 왜 그런 거야?"

189

갱신을 못하다

몸이 쑤시고 아파 꼼짝을 못하다.

● 눈 오는 밤 　아낙은 뽀드득 소리가 나게 이를 갈며 표가 나게 어깨를 떨었고, 아이가 조심스럽게 물었다.

"시방두 쑤신다? 시방두 갱신을 못허것남?"

"갱신이 다 뭐여? 아까두 뒷간이 갔다오다 핑지 낙상헐 뻔혔구먼."

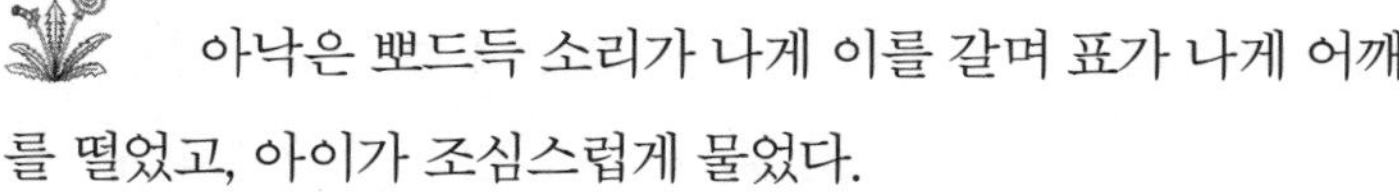

아낙은 뽀드득 소리가 나게 이를 갈며 표가 나게 어깨를 떨었고, 아이가 조심스럽게 물었다.

"지금도 쑤시는 거야? 지금도 꼼짝을 못하겠어?"

"움직이는 게 다 뭐야? 아까도 뒷간에 갔다 오다 평지에서 넘어질 뻔했어."

무추름하다

시무룩하여 유쾌하지 않다.

● 눈 오는 밤 "왜 대이구 그 얘기는 물어쌓넌다, 물어쌓길. 아 깅찰서버덤 더 높은 디루 끌려갔다니께."
하고 쏘아붙이며 그 여자는 부르르 진저리를 쳤다. 엄마가 핀잔을 주는 바람에 무추룸하게 고개를 떨어뜨리고 있던 아이가
"워디쯤 오실라나?"
하고 다시 물었고, 아낙은 지그시 입술을 깨물었다.

"왜 자꾸 그 얘기는 묻는 거야, 묻길. 아 경찰서보다 더 높은 데로 끌려갔다니까."
하고 쏘아붙이며 그 여자는 부르르 진저리를 쳤다. 엄마가 꾸짖는 바람에 시무룩하게 고개를 떨어뜨리고 있던 아이가
"어디쯤 오실까?"
하고 다시 물었고, 아낙은 지그시 입술을 깨물었다.

쉼터

'금강 건너 금강산까지'

김성동 작가와 함께하는 이야기 한마당 (대담 : 김영호)

2019년 8월 28일 19시, 부여 삼정유스타운

● 민족 분단의 모순에 대한 자각과 반외세 민족해방을 표방하며, 민족적 순수성과 동질성 회복을 온몸으로 추구한 민중시인, 민족시인 신동엽 50주기를 맞아 그의 고향인 부여에서 그리고 갑오민중항쟁의 역사적 현장인 금강에서 '금강 건너 금강산까지'를 기치로 전국문학인대회를 열게 된 것은 매우 뜻 깊은 일이라 생각합니다. 신동엽 시인은 남과 북, 좌와 우 대립을 넘어서, 백두에서 한라까지, 동학년 곰나루에서 4·19 광화문까지, 아사달과 아사녀가 맞절하는 '중립의 초례청'을 통해 민족의 하나 됨과 화합을 노래했습니다.

문재인 대통령은 지난 6월 스웨덴 의회 연설에서 신동엽 시인의 '산문시 1'을 인용해 남북 간 신뢰를 통한 한반도 평화구상을 밝힌 바 있습니다. 이렇게 남북이 과거의 대립과 대결에서 벗어나 화합과 번영의 한반도를 만들어 동북아 평화의 디딤돌이 되고자 하는 커다란 민족 도약기를 맞아 먼저 민족 통일에 대한 김성동 작가의 생각을 밝혀 주기 바랍니다.

미리 얘기해 둬야 할 게 있습니다. '통일'은 왜말이고 '일통'이 우리 말입니다. 이렇게 일제는 우리 언어와 문화 곳곳에 스며들어있습니다. 일통을 하지 말아야 한다는 사람도 있는데, 말도 안 되는 이야기입니다. 우리가 분단된 이유가 우리 자신의 의지 때문인지 생각해보십시오. 제국주의 세력에 의해 어쩔 수 없이 분단된 우리 역사입니다.

그런 의미에서 일통은 잘못된 역사를 되돌리는 것이며, 따라서 지상명제입니다.

평양을 그렇게 미워하지 말라고도 하고 싶습니다. 저는 평양 핵 문제를 말할 때 '강도론'을 언급합니다. 예를 들어 강도가 집안에 쳐들어왔는데 그 강도가 핵을 들고 있다고 합시다. 그 강도와 맞서려면 핵을 가져야 합니다. 평양은 생존을 위해 그렇게 했을 뿐입니다.

일통은 연방제 일통이 현실적일 것입니다. 물론 일통이 되고서도 문제입니다. 실질적인 일통이 되려면 떨어져 있는 시간의 3배수가 필요하다고 합니다. 70년 떨어져 있었으니 200년은 흘러야 비로소 하나가 될 수 있을 것입니다.

● 민족의 하나 됨을 말할 때, 우리 현대사의 질곡이 압축된 김성동 작가의 가족사를 되돌아보게 됩니다. 특히나 아버지의 죽음 때문에 문학을 하고 소설가가 되었다지요?

저는 독립하지 못한 민족의 핏빛 역사를 3대째 이어오고 있습니다. 성균관 진사였던 증조부는 을사늑약으로 대한제국이 왜제에 외교권을 피탈 당하자 자진을 시도했고, 경술국치 때 곡기를 끊고 세상을 떠났습니다. 조부는 해방 후 인공치하에서 토지분배 위원장을 맡았다는 이유로 대공과 형사들에게 고초를 당했으며, 모친은 조선민주여성동맹 위원장을 했다는 이유로 팔 년 징역을 살았습니다. 부친 김봉한은 서울에서 결성된 남조선노동당 대부 박헌영 비선으로 활동하는 등 죄로 한국전쟁 당시 수천 명 좌익사범들과 대전 산내 뼈잿골에서 사살 당했습니다.

저는 연좌제로 인해 이른바 '3불不의 덫'- 공무원도, 장교도, 고등고시를 통한 임관도 할 수 없는 - 에 걸려 고3 때 학업을 중단하고 불가佛家로 향했습니다. 어린 시절 어머니를 찾아온 대공 형사가 살쾡이 눈으로 노려보며 "붉은 씨앗이로군"이라고 했던 말이 저를 소설가로 키운 평생의 화두였다고 생각합니다. 소설가라는 이름의 거칠고 아아라한 벌판에 서게 된 것도 그렇고, 요 모양 요 꼴로 떠다박질려져 삶꼴을 아퀴지은 것도 아버지였습니다. 우리 아버지가 32살에 감옥에 가서 34살에 돌아가셨으니까, 아버지에 대한 그리움이 궁구를 통해 내 개인사만의 아버지가 아닌 우리 민족사, 인민사, 해방사, 혁명사 이렇게 확장되면서 그걸 소설로 쓰게 된 거죠.

아버지는 이렇게 억울하게 돌아가셨고, 어머니는 평생 경찰과 당국의 감시에 쫓기면서 살았습니다. 사회학자 김동춘은 우리 부모를 분단체제 끝자락에 있었던 변경인이라고 불렀습니다. "그들은 90년대 이후 우리 사회에 알려지기 시작한 한국전쟁기 피학살 양민도 아니고, 지리산 자락을 누볐던 '조국해방 전사'도 아니며, 휴전선을 비밀리 넘나들다가 간첩으로 체포되어 수십 년간 고초를 겪은 사람도 아니다. 그들은 식민지 백성이었으나 이후 대한민국 '국민'이 되기를 거부한, 남한 땅에 살다가 남한 땅에서 죽은, 반공 분단체제의 저 끝에 있었던 변경인, 아니 비국민들이었다."고.

● 미군정기에 이른바 '정판사 위조지폐 사건'으로 대전형무소에 수감되었던 울산 출신 좌익항일운동가 이관술, 그리고 일제강점기에 이관술과 함께 경성콤그룹 일원으로 대전·충남의 야체이카(세포)로 활동하다 예비검속으로 수감됐던 선친 김봉한은 한국전쟁 발발 직후인 1950년 7월초에 산내 골령골에서 함께 총살당하셨는데, 3 · 1 운동과 임시정부 수립 100주

년을 맞아 그 감회가 남다를 것 같습니다.

예전 어른들은 역사를 볼 수 있는 이만을 가리켜 사람史覽이라고 불렀습니다. 제가 장편소설 『국수』에서 쓴 바처럼 작가는 사람史覽으로서 누군가에게 불편할 수 있는 민족의 역사를 끄집어내 직시하는 사람입니다. 저의 소설은 허구가 아니라 '다큐'입니다. 저에게 민족의 역사는 곧 저 자신의 역사입니다. 『만다라』에서는 종교를 통해, 『꽃다발도 무덤도 없는 혁명가들』에서는 역사가들이 제대로 조명하지 않는 사회주의 독립운동가를 통해, 『풍적』에서는 아버지의 억울한 죽음을 통해, 『국수』에서는 임오군란에서 갑오인민항쟁 직전까지 인민들 삶을 통해 우리 역사에서 무엇이 잘못됐는지를 돌려 말했습니다.

3 · 1 운동은 대구10월항쟁, 여순인민항쟁과 함께 우리나라 3대 항쟁 중 하나입니다. 당연히 큰 의미가 있습니다. 인민을 이끌 지도자가 없었다는 한계가 조금 아쉽기는 하지만요. 반면 임시정부 수립 100주년은 기념하기가 조금 주저됩니다. 왜제강점기 진짜 독립운동가들은 상해에 있었던 것이 아니라 만주에 있었기 때문입니다. 많은 이들이 역사를 안다고 생각하는데 제대로 알지는 못합니다. 진짜 역사를 안다면, 기념일들을 마냥 기념만 할 수는 없을 것입니다. 우리나라는 아직 청산하지 못한 과거가 있고, 청산되지 못한 친왜파, 제국주의 양키와 '검은 머리 미국인들'에 의해 왜곡된 역사가 너무나 많기 때문입니다.

예를 들어 갑오인민항쟁의 진짜 주인공은 전봉준 장군이 아니라 김개남 장군입니다. 전봉준은 김개남 장군보다 두 살 어린 수하였을 뿐입니다. 당시 인민 수십 만 명이 따랐던 김개남 장군을 왜제는 고문 및 살해하고 역사에서 지워버리고자 했습니다. '남원꼬뮨'을 세워 왜제가 높게 심으려던 자본주의에 앙버텼던 김개남 장군과 그를 따르는 인민이 두려웠기 때문입니다. 그래서 인민의 지지를 덜 받았던 전봉준을 내세운 것입니다. 저는 이 사실을 절에 있을 때 들었습니다. 당시 갑오인민항쟁에 참여했던 90세가 넘은 노승들이 직접 이야기해줬습니다. 그분들은 항쟁으로 인해 팔다리가 없거나 눈이 한쪽 없었습니다. 그러나 언론인이나 학자, 그 누구도 이들을 찾아오지 않았습니다. 지식인들이 게을렀기에 왜제에 의해 작성된 재판기록을 그대로 받아 적었고, 이로 인해 지금까지 대중들이 잘못된 역사를 그대로 배우고 있는 것입니다.

이밖에도 아무도 이야기하지 않아 외곡된 역사는 너무나 많습니다. 예를 들어 우리가 동의하지 않은 개혁을 왜 갑오경장이라고 부릅니까. 정확한 표현은 갑오왜란입니다. 이밖에도 왜제가 집요하게 파괴한 우리 문화는 너무나 많습니다. 소위 역사는 승자의 역사라고 하는데 우리 역사는 승자에 의해 갈가리 찢겼습니다. 남북 모두 여기서 자유롭지 않습니다. 남쪽에서 친왜 세력은 청산되지 못했고, 친왜파를 피해 올라간 우리 민족의 보석 같은 사람들은 북에서 숙청을 당했습니다.

사회학자 김동춘은 이를 이렇게 지적했습니다. "물론 8 · 15 직후의 혁명 전사들을 학살하고 처형한 사람들은 남한의 이승만과 친일 극우 세력들이지만, '미제의 스파이'라며 준엄하게 심판한 김일성과 북한 당국도 이들을 죽음으로 몰아넣는 주요 가해 세력이었다. 그렇게 보면 이들은 38선 이남과 이북에서 권력을 장악한 세력들과 과거의 동료들에게 이중적으로 살해당했다고 볼 수 있다. 과거 이들을 죽음에 이르게 한 '적대'의 시선과 비판의 칼날은 아직도 한반도 상공에 드리우고 있다."고 말입니다.

역사적 인물의 삶을 올바르게 살려내고자 할 때, 맨 처음 알아내야 하는 것이 그 시대가 어떤 시대였는가 하는 점입니다. 그 인물이 살아갔던 시대 역사 · 정치 · 경제 · 사회 · 문화와 함께 세계정세에 대하여 속속들이 알아내야 합니다. 그러기 위해서는 먼저 그 인물들이 어떤 핏줄을 받고 태어나 무슨 공부를 어떻게 하였고 어떤 사람들과 사귀며 자기가 살고 있는 세상이 어떤 세상이라고 생각하고 있었는가 하는 세계관과 역사관 그리고 인생관을 알아내야 합니다. 그들이 했던 말과 썼던 글과 언저리 사람들이 그를 어떻게 생각했던가를 알아야 하고 사회적 끊아매김 또한 알아내야 하는 것은 물론입니다. 같은 시대를 살았던 이들의 귀뜀이 있다면 더할 나위 없지만, 귀뜀이 있다고 하더라도 그 귀뜀이 올바른 것인가 아니면 어떤 치우친 생각에 의하여 구부러지고 뒤틀린 것인가를 헤아려낼 수 있는 도틀어 묶는 눈이 있어야 합니다. 한마디로 남 보기에 마땅한 '역사의 눈'으로 바라보아야만 하는 것입니다.

● 냉전의 한국적 신호탄이 된 '정판사 위조지폐 사건'으로 무기형을 선고받은 이관술이 '사법절차를 거치지 않고 처형된 것'에 대해 그의 막내딸이 국가를 상대로 손해배상을 청구한 재판에서 승소함으로 해서 사형 65년 만에 일부 명예회복을 했습니다. 김성동 작가 자신이 산내학살 피해자의 유족이면서도, 그간 진상규명과 명예회복이나 억울한 죽음에 대한 사법적 복권 등의 공식적인 활동에 미온적이었던 것은 무엇 때문입니까?

저는 아버지의 행적을 그린 중편소설 '고추잠자리'와 한국전쟁직후 인민공화국 시절 어머니 이야기를 리얼하게 복원한 중편 '멧새 한 마리'로 부모의 한 많은 삶을 문학적으로 형상화함으로써 부모의 역사적 신원伸冤을 하고자 했습니다. 저 자신의 운명을 현재의 모습으로 떠다

박지른 아버지에 대한 아득한 그리움에서 벗어나 아버지와 아버지 세대의 꿈과 좌절을 역사 속에 온전히 자리매김하는 작업을 『꽃다발도 무덤도 없는 혁명가들』로 1차 마무리했고요. 근현대사의 질곡 속에서 나라와 민족을 지키기 위해 산화해간 아버지 세대의 순수한 이상과 뜨거운 열정, 그리고 헌걸찬 행적의 문학적 형상화를 통해 아버지 얘기를 역사 속에 온당히 자리매김하는 것이 바로 작가의 사명이자 역사적 복권이라 보았기 때문입니다.

● 김성동의 소설에서 아름다운 우리말을 발견하는 즐거움을 이야기하는 사람들이 있지만, 대부분은 각주를 보며 읽어야 하는 불편함을 호소하기도 합니다. 모국어의 아름다움을 살려내 언어생활을 풍요롭게 해 주는 것이 작가 본연의 임무인 만큼 그 가치와 업적은 충분히 인정하지만 가독성이 떨어져 젊은 독자층의 외면을 받는다는 지적도 있습니다.

언어는 계급의 산물입니다. 예를 들어 조선시대에는 계급이 네 개가 있었습니다. 그런데 지금 천민계급과 중간계급이자 행정실무를 담당했던 중인계급 언어는 사라져버리고 없습니다. 아예 보존하려는 시도 자체가 없었습니다. 제가 『국수』를 통해 살리고자 했던 언어들은 사라져버린 언어 중 극히 일부입니다.

따지고 보면 남한의 국어학자들과 북한의 국어학자들, 문학평론가들, 교수, 박사 모두 범죄자라고 할 수 있습니다. 영화 '말모이'에서 다룬 조선어학회, 여기서 활동한 독립운동가 이희승이라는 사람이 있습니다. 이 사람 이름이 박힌 국어사전에 일본말이 그대로 녹아 있는데도 여태 모두 지적하지 않았습니다. 남에서든 북에서든 그나마 가장 괜찮은 사전이니 비판 없이 사용한 것입니다.

이 나라에는 '국어사전'이 없습니다. 더구나 놀라운 책임은 네 나라에서 나온 국어사전이 일매지게 똑같다는 것이니- 서울에서는 동경 것을 베꼈고, 평양에서는 서울 것을 베꼈으며, 연변에서는 평양 것을 베꼈다는 것. 모두가 소화 7년, 그러니까 1932년 동경 「부산방」에서 초판이 나온 대언해를 어미작모본몸으로 하고 있다는 것이지요.

평론가들도 그렇고 독자들도 그렇고 제가 소설에 쓴 우리말이 어렵다는 말이 많습니다. 책에서 다루는 철학이 어려운 게 아니라 '우리말이 어렵다'는 겁니다. 출판사 대표들도 독자에게 맞춰야 하지 않느냐는 말을 합니다. 그러나 저는 '어려우니까 독자에게 맞춰야 한다.'는 말에 동의하지 않습니다. 오히려 읽는 자가 우리말을 모른다는 것을 부끄러워해야 한다고 생각합니다. 우리 진짜 문화, 우리 언어가 아버지 할아버지 시대 때 사라져버렸습니다. 그리고 사라지게 된 데에는 이유가 있습니다. 이 이유를 기억하고 우리 진짜 언어와 문화를 찾아야 합니다.

이렇게 우리말을 고집하는 것은 저의 고집이나 취미가 아닙니다. 제가 하는 작업이, 우리가 왜놈들에게 빼앗긴 것을 되찾는 일이 옳다고 믿기 때문입니다. 또한 진정한 독서는 읽는 자를 괴롭히는 겁니다. 술술 넘어가는 책은 책이 아닙니다. 그런 책은 덮으면 아무것도 남지 않는 오락거리일 뿐입니다.

● 오랜 시간 우리 민족이 겪은 현대사의 아픔과 질곡 그리고 그것의 극복을 위한 자세와 문학인의 바람직한 태도 등에 대해 귀감으로 삼을 좋은 말씀 감사합니다. 앞으로 부모님의 구체적 삶의 모습이나 여성운동사 그리고 해방 후 한국전쟁기까지의 해방 8년사에 대한 역사소설 등의 역작을 통해 우리 문학사를 더욱 충만하게 해 주시길 기원합니다. 고맙습니다.

찔러박다

남의 잘못이나 비밀 따위를 남에게 고하다.

● **눈 오는 밤** 믠국정부서 시켜준 믠장질 허던 오이삼춘이 오여손잽이덜헌티 맞어죽구 그 바람이 오이할아부지 속 끓이다 돌어가셨다넌 말 듣구 숙뱅이 고모네루 갔다가 고모네 시집 식구덜이 찔러박넌다넌 바람이 큰 이모네 사넌 자라내루 갔다가 즉은 이모네 사넌 한나루루 갔다가 광천 진오이가루 갔다가

대한민국 정부서 시켜준 면장질 하던 외삼촌이 좌익들에게 맞아 죽고 그 바람에 외할아버지 속 끓이다 돌아가셨다는 말 듣고 숙뱅이 고모네로 갔다가 고모네 시집 식구들이 밀고한다는 바람에 큰이모네 사는 자라내로 갔다가 작은이모네 사는 한나루로 갔다가 광천 진외가로 갔다가

192

고자 처갓집 가듯

아무 실속도 없이 분주하게 왔다 갔다 함.

● 눈 오는 밤　　혼자서 바둑만 두구 달 밝은 밤이면 뒷산이서 혼자 퉁수만 불던 선비루 온 시상 인민대중덜이 똑같이 펭등허게 사넌 새 시상을 맨들것다구 밤을 낮삼어 뇌심초사허기를 왜정 때버텀 뇌심초사허너라구 뷬이서 밥이 끓넌지 죽이 끓넌지 오불관원이던 사람인듸, 아 왜정 때버텀 주재소며 긩찰서며 흔병대며 가막소 드나들기를 고자 처갓집 드나들덧기 드나들던 사람인디.

혼자서 바둑만 두고 달 밝은 밤이면 뒷산에서 혼자 퉁소만 불던 선비로 온 세상 인민대중들이 똑같이 평등하게 사는 새 세상을 만들겠다고 밤을 낮삼아 노심초사하기를 왜정 때부터 노심초사하느라고 부엌에서 밥이 끓는지 죽이 끓는지 오불관언이던 사람인데, 아 왜정 때부터 주재소며 경찰서며 헌병대며 가막소 드나들기를 실속 없이 분주하게 드나들던 사람인데.

호랑

호주머니 호병(胡兵)과 싸우던 병자호란 때 돌멩이를 담아두던 주머니에서 나온 말

● 눈 오는 밤 "워치게 찾어오시너냐니께?"
아낙은 홍 하고 한번 코웃음을 친 다음 자신에 찬 목소리로 말했다.
"림려두 많네, 림려두 많어. 그런 림렬랑은 호랑이다 느 놔. 골백 번을 욍겨댕겼어두 틀림없이 찾어올 테니께.

 "어떻게 찾아오시느냐니까?"
아낙은 홍 하고 한번 코웃음을 친 다음 자신에 찬 목소리로 말했다.
"염려도 많네, 염려도 많어. 그런 염려는 호주머니에다 넣어 놓아. 수백 번을 옮겨다녔어도 틀림없이 찾아올 테니까.

194

꾀송꾀송하다

듣기 좋거나 능숙한 말솜씨로 남을 꾀다.

● **눈 오는 밤**　　새 조선 펭등 조선 새 시상이 올거라던가, 하여간이 심들구 글력 팽긔더래두 쬐끔만 참구 전디자구 꾀송꾀송헤쌓던 걸 그때가 마침 왜늠덜이 쬧겨가구 해방이 된 담 해 봄이었으니께 이 믜련 허기가 똥이 멱까지 찬 지집이 해방된 나라 애길 허넌 중만 알었지 아 나라이서 국뷥이루다 금허넌 오여손잽이 허자넌 소린 중 워치게 알었을꾸.

새 조선 평등 조선 새 세상이 올 거라든가, 하여간에 힘들고 근력이 부족하더라도 조금만 참고 견디자고 능숙하게 꾀던 걸 그때가 마침 왜놈들이 쫓겨가고 해방이 된 다음 해 봄이었으니까 이 미련하기가 똥이 목까지 찬 계집이 해방된 나라 애길 하는 줄로만 알았지 아 나라에서 국법으로 금하는 좌익 하자는 소린 줄을 어떻게 알았을까.

옴뚝가지

보잘것없으며 아무 쓸모가 없는 것을 이르는 말.

● **눈 오는 밤** "그런디 그렇게 엄니 말대루 집은 찾어오신다구 헤두…… 아부지가 날 물러보면 워척헌다?"

"뷜 옴뚝가지 같은 소리 다 허네."

아낙이 하얗게 눈을 흘겼고 아이는 손등으로 눈을 문질렀다.

"그런데 그렇게 어머니 말대로 집은 찾아오신다고 해도…… 아버지가 날 몰라보면 어떻게 해?"

"별 쓸데없는 소리 다 허네."

아낙이 하얗게 눈을 흘겼고 아이는 손등으로 눈을 문질렀다.

소진장의로

소진과 장의처럼 말솜씨가 좋은 사람으로.

● **눈 오는 밤** "바둑은 그렇게 잘 두구 말은 그렇게 소진장이루 잘허넌 애가 워째 그렇게 총긔가 읎댜. 할아부지헌티 한문두 많이 배구 즤 아부지 닮어서 다긔차기가 마른 건천이 돌팍 같은 애가 왜 그렇게 총긔가 읎어."

"바둑은 그렇게 잘 두고 말은 그렇게 소진 장의처럼 잘하는 애가 어찌 그렇게 총기가 없어. 할아버지한테 한문도 많이 배우고 제 아버지 닮아서 당차기가 마른 시내의 돌멩이 같은 애가 왜 그렇게 총기가 없어."

197

까그매

까마귀.

● 눈 오는 밤　　“또 잊어먹응겨. 아침버텀 골백 번두 더 얘기헤쥤을 텐디.”
“한 번만 더 헤달라니께. 한 번마안.”
“까그매 괴기를 먹었나베. 금방 잊어먹구 금방 잊어먹구 허넌 걸 보먼.”

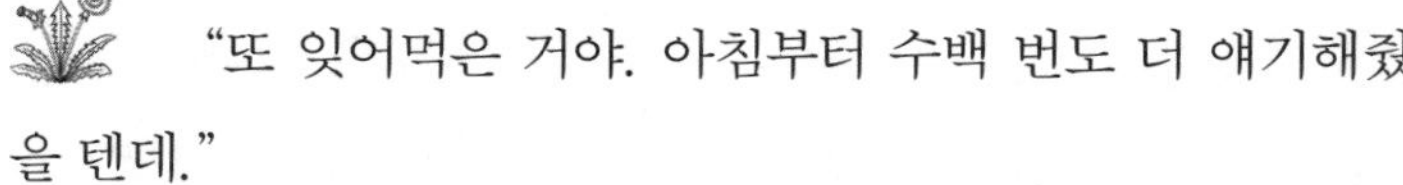

“또 잊어먹은 거야. 아침부터 수백 번도 더 얘기해줬을 텐데.”
“한 번만 더 해달라니까. 한 번만.”
“까마귀 고기를 먹었나 봐. 금방 잊어먹고 금방 잊어먹고 하는 걸 보면.”

남저지

나머지.

● 눈 오는 밤 "즌향했남? 깅찰서 갔다오더니 바른손잽이루 즌향헌겨?"
"내가 무신 새상가구 주이자냐? 즌향허게. 다 몸땡이루 젂은 남저지 얘긔지."
"내둥 안허던 소릴 허니께 말여. 내둥 오여손잽이가 옳다구 허던 사람이 믠국 사람덜 같은 소리만 허니께 말여."

 "전향했나? 경찰서 갔다오더니 우익으로 전향한 거야?"
"내가 무슨 사상가고 주의자냐? 전향하게. 다 몸뚱이로 겪은 나머지 얘기지."
"이제껏 안 하던 소릴 하니까 말이야. 이제껏 좌익이 옳다고 하던 사람이 대한민국 사람들 같은 소리만 하니까 말이야."

199

당학

학질.

● 눈 오는 밤 "그럼 토벌대 되까?"
아낙이 주먹을 들어 아이 머리통을 쥐어박았다.
"으이구 이늠아, 이 철읎넌 늠아. 야산대구 토벌대구 자본쥐구 공산쥐구 그느믜 댓자 들구 쥣자 붙은 말만 들으먼 사지가 블벌 떨린다. 만서이 부르넌 소리 듣구 총찬 늠 그림자만 봐두 오뉴월이 당학 들린 늠처럼 사지가 블벌 떨려."

 "그럼 토벌대 될까?"
아낙이 주먹을 들어 아이 머리통을 쥐어박았다.
"아이고 이놈아, 이 철없는 놈아. 야산대고 토벌대고 자본주의고 공산주의고 그놈의 대자 들고 주의자 붙은 말만 들으면 사지가 벌벌 떨린다. 만세 부르는 소리 듣고 총 찬 놈 그림자만 봐도 오뉴월에 학질 들린 놈처럼 사지가 벌벌 떨려."

장에 콩깨 팔러 간다

사람이 죽은 것을 에둘러 말할 때 쓰는 표현.

● 눈 오는 밤 …… 맘 다져먹으라니께. 아 향방불명된 지 다서 해먼 인내장이 콩 팔러 간 사람인디, 원제까장 지둘린다넌 겨? 애 아부지는 와유. 꼭 온다니께유. 앗따 홍성댁두 답답허기는. 아 아니헐 말루 왜정 때버텀 오여손잽이 허다가 향방불명된 사람이 다시 온단들 무사헐까.

…… 맘 다져 먹으라니까. 아 행방불명된 지 다섯 해면 이미 죽은 사람인데, 언제까지 기다린다는 거여? 애 아버지는 와요. 꼭 온다니까요. 아따 홍성댁도 답답하기는. 아 아니할 말로 왜정 때부터 좌익 하다가 행방불명된 사람이 다시 온다고 한들 무사할까.

다시다

무엇을 조금 먹다. 맛보다.

● 눈 오는 밤　　그렇게 뜨건 정을 다시구두 아즉 정신을 뭇 채려? 온다니께유. 꼭 다시 온다구 약조혯단 말유. 원젠가는 반다시 꼭 다시 온다구. 그러지 말구 한 나이래두 즉을 때 팔자 고치라니께. 홍성댁두 내년이면 서른 아녀.

그렇게 뜨거운 정을 맛보고도 아직 정신을 못 차려? 온다니까요. 꼭 다시 온다고 언약했단 말이에요. 언젠가는 반드시 꼭 다시 온다고. 그러지 말고 한 나이라도 적을 때 팔자 고치라니까. 홍성댁두 내년이면 서른 아냐.

완구이

완벽하게.

● **눈 오는 밤** 재취자리라지먼 아 긩찰사람헌티루 가면 우선 신분보장두 되겄다, 좀 좋아. 아무리 그렇다지먼 애아부지가 바루 긩찰사람헌티 끌려갔넌디. 아 그러니께 더 좋지. 더 완구이 신분보장이 될거 아녀.

재혼 자리라지만 아 경찰에게 가면 우선 신분보장도 되겠다, 좀 좋아. 아무리 그렇다지만 애아버지가 바로 경찰에게 끌려갔는데. 아 그러니까 더 좋지. 더 완벽하게 신분보장이 될 거 아냐.

물색없다

형편에 맞지 않다.

● 눈 오는 밤　　그는 더구나 왜정 때 흔빙 보조원 댕기다가 해방되구 순사루 올러섰다넌 사람인디. 그런 물색 읎넌 소리 말어. 긔 계급이 시방 뭔 중 알어. 그러구 흔병 보조원은 그만두구 주재소 고쓰가이 댕기던 이덜두 죄 관공리루 올러서서 흰목 잦히구 사넌 시상 아녀.

그이는 더구나 왜정 때 헌병 보조원 다니다가 해방되고 순사로 승진했다는 사람인데. 그런 형편에 맞지 않는 소리 말아. 그이 계급이 지금 무언지 알아. 그리고 헌병 보조원은 그만두고 주재소 용인으로 다니던 이들도 모두 관공서 직원으로 승진해서 으스대고 사는 세상 아니야.

임집

여염집.

● **바람 부는 저녁**　　"너는 그느믜 소리가 몸서리나지두 않넌 겨. 오여손잽이란 소리. 뿔겡이색긔란 소리. 임집것덜헌티 그 폭백을 받구 아색긔덜헌티 그 종애골림을 당하면서두 진저리쳐지지두 않너냔 말여. 급살옘벵이나 맞다 거우러나질 인짐승늠덜."

"너는 그놈의 소리가 몸서리나지도 않는 거야. 좌익이란 소리. 빨갱이새끼란 소리. 여염집 것들에게 그 끔찍한 말 듣게 되고 애새끼들에게 그 놀림을 당하면서도 진저리쳐지지도 않느냔 말이야. 급살염병이나 맞다 거꾸러질 인짐승놈들."

졸경을 치르다

남에게 심한 시달림을 당하다.

● **바람 부는 저녁** “워째 그렇긔 창심을 뭇허넌겨. 아무리 어린애라지먼 그 쵤킹을 치뤄놓구서두 워째 그렇긔 창심을 뭇허너냔 말여. 쬐끔만 더 참구 전뎌보자구 안 그려. 여태까지두 전뎠으니 쬐끔만 더 참구 전뎌보자구. 아 인저 갈두 다갔으니께 길 보내구 해동이나 허먼 여길 뜨잔 말여. 이 지긋지긋헌 산고랑탱이를 떠나서 워디 대처루 나간보잔 말여. 너르나 너른 대전 이나 서울 같은 대처루 나가서 살어보잔 말여.”

“어째 그렇게 마음을 다잡지 못하는 거여. 아무리 어린애라지만 그 시달림을 당하고도 어째 그렇게 마음을 다잡지 못하느냐는 말이야. 조금만 더 참고 견뎌보자고 안 그래. 여태까지도 견뎠으니 조금만 더 참고 견뎌보자고. 아 이제 가을도 다 갔으니까 겨울 보내고 해동이나 하면 여길 뜨잔 말이야. 이 지긋지긋한 산 구렁텅이를 떠나서 어디 대처로 나가보자 말이야. 넓고 넓은 대전이나 서울 같은 대처로 나가서 살아보자는 말이야.”

우두망찰

사람이 정신이 얼떨떨하여 어찌할 바를 모르는 상태를 나타내는 말.

● **바람 부는 저녁** 그 여자는 보퉁이를 머리에 얹고 끙하고 힘을 썼다. 그 여자는 잠시 그렇게 우두망찰하게 서 있다가 사립 쪽으로 발을 떼었다.

"해 떨어지기 전이 올 테니께 꼼짝 말구 있넌겨. 꼼짝만 했다간 저녁은 굶을 테니께."

아이는 여전히 쪼그리고 앉은 채로 발밑만 바라보았고, 아낙이 말했다.

그 여자는 보퉁이를 머리에 얹고 끙하고 힘을 썼다. 그 여자는 잠시 그렇게 얼떨떨하게 서 있다가 사립 쪽으로 발을 떼었다.

"해 떨어지기 전에 올 테니까 꼼짝 말고 있는 거야. 꼼짝했다가는 저녁은 굶을 테니까."

아이는 여전히 쪼그리고 앉은 채로 발밑만 바라보았고, 아낙이 말했다.

용천뱅이

문둥이.

● **바람 부는 저녁** "신작로질루 네려가지 말란 말여. 임집것덜허구 핵교 댕기넌 아색긔덜두 무섭지먼 용천뱅이덜이 더 무서니께. 용천뱅이덜이 애덜만 보면 잡어다가 배 갈르구 간 빼먹넌단 말여, 간. 급살맞게 이 날리통거리에 무신느믜 용천뱅이덜이 그렇게 들끓넌지 원."

"신작로 길로 내려가지 말란 말이야. 여염집 것들하고 학교 다니는 애새끼들도 무섭지만 문둥이들이 더 무서우니까. 문둥이들이 애들만 보면 잡아다가 배 가르고 간 빼먹는단 말이야, 간. 급살맞게 이 난리 통에 무슨 놈의 문둥이들이 그렇게 들끓는지 원."

짓두드리다

마구 두드리다.

● **바람 부는 저녁** 여봐란 듯긔 살어야지. 암 살어야 허구말구. 그래야 그 사람두 안심헐 테니께. 아 그래서 이렇긔 식전 아침버텀 장사 나가넌 거쟎여. 식전 아침버텀 찬이슬 맞어가며 오가구 백릿질을 짓투디려 가며 댕기넌 거쟎여.

여봐란듯이 살아야지. 암 살아야 하고말고. 그래야 그 사람도 안심할 테니까. 아 그래서 이렇게 식전 아침부터 장사 나가는 거잖아. 식전 아침부터 찬 이슬 맞아가며 오가고 백릿길을 마구 두드려 가며 다니는 거잖아.

엉그름

진흙 바닥이 말라 터져서 넓게 벌어진 금.

● **바람 부는 저녁** 아이는 봉창을 열고 토방으로 내려섰다. 그리고 버릇처럼 마을 쪽을 내려다보다가 거적문을 들추고 부엌으로 들어갔다. 흙벽에 걸려 있는 구럭망태를 내리고 엉그름진 검정고무신에 마른 칡덩굴로 감발을 쳤다.

아이는 봉창을 열고 토방으로 내려섰다. 그리고 버릇처럼 마을 쪽을 내려다보다가 거적문을 들추고 부엌으로 들어갔다. 흙벽에 걸려 있는 구럭망태를 내리고 틈이 벌어진 검정고무신에 마른 칡덩굴로 신발을 감았다.

좁좁하다

공간이 꽤 좁다.

● **바람 부는 저녁**　　겨우 사람 하나가 지나갈 만큼 좁좁한 오솔길에는 이질풀 구절초 금강초롱 동자꽃 메꽃 개상사화 꽃무릇 패랭이꽃 같은 메꽃들이 무더기로 피어 있었고 나뭇가지에서는 방울새 개똥지빠귀 턱멧새 곤줄박이 같은 멧새들이 뒤섞여 저마다 다른 목소리로 지저귀고 있었다.

겨우 사람 하나가 지나갈 만큼 꽤 좁은 오솔길에는 이질풀 구절초 금강초롱 동자꽃 메꽃 개상사화 꽃무릇 패랭이꽃 같은 메꽃들이 무더기로 피어 있었고 나뭇가지에서는 방울새 개똥지빠귀 턱멧새 곤줄박이 같은 멧새들이 뒤섞여 저마다 다른 목소리로 지저귀고 있었다.

버덩

높고 평평하며 나무는 없고 잡풀만 우거진 거친 들.

● **바람 부는 저녁** 상수리나무 숲을 벗어나자 버덩이었는데 키를 넘는 참억새밭이 멧등을 따라 쫙 펼쳐져 있었다. 산날맹이 밑으로부터 바람이 불어왔고 늦가을 저녁 하늬바람을 받아 참억새가 물결처럼 흔들리고 있었다.

상수리나무 숲을 벗어나자 거친 들이었는데 키를 넘는 참억새밭이 산등성이를 따라 쫙 펼쳐져 있었다. 산마루 밑으로부터 바람이 불어왔고 늦가을 저녁 하늬바람을 받아 참억새가 물결처럼 흔들리고 있었다.

입성

옷.

● **바람 부는 저녁** 물결처럼 흔들리고 있는 참억새밭 앞에 웬 사내 하나가 앉아 있었다. 그 사내는 찢어진 벙거지를 깊숙이 눌러 쓰고 때에 절고 낡은 입성을 하고 있어 한눈에도 동냥아치로 보였다. 노랫소리가 들려왔다.

물결처럼 흔들리고 있는 참억새밭 앞에 웬 사내 하나가 앉아 있었다. 그 사내는 찢어진 벙거지를 깊숙이 눌러 쓰고 때에 절고 낡은 옷을 입고 있어 한눈에도 동냥아치로 보였다. 노랫소리가 들려왔다.

끼끗하다

구김살 없이 말쑥하고 깨끗하다.

● **바람 부는 저녁** 사내가 다시 껄껄 웃음을 터뜨렸는데, 예상대로 눈썹이 없었고 한쪽 손 손가락 마디가 세 개나 몽땅 떨어져 나간 것이어서 아이들을 잡아 배를 가르고 간을 빼먹는다는 용천뱅이가 분명했다. 이미 피할 수 없게 된 아이는 어쩔 수 없이 사내를 바라보았는데 눈썹은 없었지만 콧날이 반듯했고 햇볕에 타고 야위었으나 그런대로 끼끗한 얼굴이었다.

사내가 다시 껄껄 웃음을 터뜨렸는데, 예상대로 눈썹이 없었고 한쪽 손 손가락 마디가 세 개나 몽땅 떨어져 나간 것이어서 아이들을 잡아 배를 가르고 간을 빼먹는다는 문둥이가 분명했다. 이미 피할 수 없게 된 아이는 어쩔 수 없이 사내를 바라보았는데 눈썹은 없었지만 콧날이 반듯했고 햇볕에 타고 야위었으나 그런대로 말쑥하고 깨끗한 얼굴이었다.

214

엄장

풍채가 좋은 큰 덩치

● 바람 부는 저녁　　무엇보다도 눈빛이 날카로왔고 아귀센 엄장이었다. 용천뱅이 입가에 살푸슴이 떠올랐다.
"너 산 밑 막집 살지? 엄마하고 둘이."
아이는 한 발 뒤로 물러서며 지팡이를 꼬나쥐었다. 여차하면 구럭도 팽개치고 도망칠 작정이었는데 용천뱅이가 섰던 자리에 무심하게 주저앉았다.

무엇보다도 눈빛이 날카로왔고 힘이 세 보이는 큰 풍채였다. 문둥이 입가에 가벼운 웃음이 떠올랐다.
"너 산 밑 막집 살지? 엄마하고 둘이."
아이는 한 발 뒤로 물러서며 지팡이를 꼬나쥐었다. 여차하면 구럭도 팽개치고 도망칠 작정이었는데 문둥이가 섰던 자리에 무심하게 주저앉았다.

쓰럭초

담뱃대에 넣어서 피울 수 있도록 잘게 썰어 봉지로 포장한 잎담배. 봉초.

● **바람 부는 저녁**　　아이가 지팡이를 팽개치고 용천뱅이 앞으로 다가서며 따지듯 물었고 용천뱅이가 윗주머니를 뒤져 쓰럭초가 담긴 봉지를 꺼냈다. 아이가 다시 야무지게 따져물었다.
"뭐라구 헌규? 시방. 시방 아저씨가 뭐라구 혔너냔 말유?"

아이가 지팡이를 팽개치고 문둥이 앞으로 다가서며 따지듯 물었고 문둥이가 윗주머니를 뒤져 잎담배가 담긴 봉지를 꺼냈다. 아이가 다시 야무지게 따져 물었다.
"뭐라고 한 거예요? 지금. 지금 아저씨가 뭐라고 했느냐는 말이에요?"

재우치다

빨리 몰아치거나 재촉하다.

● 바람 부는 저녁 　아이는 마른침을 삼키며 타는 듯한 눈빛으로 용천뱅이를 올려다보았고, 용천뱅이는 길게 연기를 내뿜었다. 아이가 재우쳐 되물었다.
"우라부지는 워치게 된규? 도대처 생사는 워치게 됐으며 시방 워디 지신규."

아이는 마른침을 삼키며 타는 듯한 눈빛으로 문둥이를 올려다보았고, 문둥이는 길게 연기를 내뿜었다. 아이가 재촉하며 되물었다.
"우리 아버지는 어떻게 된 건가요? 도대체 생사는 어떻게 됐으며 지금 어디 계신가요.

까무룩

의식이나 기억이 순간적으로 흐려지는 모양을 나타내는 말.

● **바람 부는 저녁** 아이가 눈에서 손을 떼었을 때 두 사내는 벌써 까무룩이 잦아드는 놀을 헤치며 저만큼 산길을 달려 내려가고 있었다. 참억새밭에서 물결치는 소리가 나면서 놀이 출렁였고 출렁이는 놀 사이로 언뜻 용천뱅이 사내 벙거지가 보였다. 벙거지는 이내 놀 속에 묻혀 보이지 않았는데 어느 골짜기에선가 승냥이가 울부짖는 소리가 들려왔다.

아이가 눈에서 손을 떼었을 때 두 사내는 벌써 흐릿하게 잦아드는 놀을 헤치며 저만큼 산길을 달려 내려가고 있었다. 참억새밭에서 물결치는 소리가 나면서 놀이 출렁였고 출렁이는 놀 사이로 언뜻 문둥이 사내 벙거지가 보였다. 벙거지는 이내 놀 속에 묻혀 보이지 않았는데 어느 골짜기에선가 승냥이가 울부짖는 소리가 들려왔다.

풀방구리 쥐 나들듯

풀을 담은 그릇에 풀을 먹으려고 쥐가 드나드는 것과 같다는 뜻으로, 어느 곳을 자주 드나드는 모양을 비유적으로 이르는 말.

● 비 내리는 아침　　왜정 때버텀 흔병대며 주재소며 긩찰서며 가막소 댕기기를 고자 처갓집 드나 들덧기 드나들구 풀방구리 쥐 나들덧기 나드너라구 얼굴 맞대구 동품한 게 삼시번 시번 곱헤서 열번두 안되지먼 그레두 잘났다넌 서방 하나 믿구 살었넌디, 서방인지 남방인지 급살맞일 긩찰 사람헌티 두 손목이 한 손목 되서 끌려간 지 일고 해가 늠두룩 돌어올 생각을 안허니

왜정 때부터 헌병대며 주재소며 경찰서며 가막소 다니기를 고자 처가에 드나들 듯 드나들고 풀방구리 쥐 나들 듯이 자주 드나드느라고 얼굴 맞대고 동침한 게 삼세번 세 번 곱해서 열 번도 안 되지만 그래도 잘났다는 서방 하나 믿고 살았는데, 서방인지 남방인지 급살맞을 경찰 사람한테 두 손목이 한 손목 돼서 끌려간 지 일곱 해가 넘도록 돌아올 생각을 안 하니

219

뜰팡

뜰.

● **비 내리는 아침** "누, 누구세유?"
여자는 말없이 뜰팡으로 올라섰고, 아이는 막대기를 잡은 손에 힘을 주었다.
"누구유? 아줌니는 누구냔 말유?"
여자는 뜰팡에 쭈그리고 앉으며 부르르 진저리를 쳤다.

 "누, 누구세요?"
여자는 말없이 뜰로 올라섰고, 아이는 막대기를 잡은 손에 힘을 주었다.
"누구요? 아주머니는 누구냔 말이요?"
여자는 뜰에 쭈그리고 앉으며 부르르 진저리를 쳤다.

220

대궁밥

먹고 그릇에 남긴 밥.

● 비 내리는 아침　　아낙이 아이 손을 더듬어 잡으며 엄하게 말했다.
"봐 허니 실성헌 아낙 같은디, 말루 네려가시게. 여기는 자네 같은 사람이 올 디가 아녀. 증상은 가긍허나 적선헐 입성두 읎구 요긔시킬 대궁밥두 읎네."

　　아낙이 아이 손을 더듬어 잡으며 엄하게 말했다.
"보아하니 실성한 아낙 같은데, 마을로 내려가시게. 여기는 자네 같은 사람이 올 데가 아냐. 사정은 불쌍하지만 줄 옷도 없고 요기시킬 먹다 남은 밥도 없네."

상성

본래의 성질을 잃어버리고 아주 다른 사람처럼 되거나 그렇게 행동함. 실성.

● **비 내리는 아침** 아낙이 가라앉은 목소리로 말했다.
“봐 허니 그만허먼 뮌두 반반허구 식자깨나 들었던 것 같은디…… 워쩌다가 이 지경이 됬수? 워쩌다가 상성을 했너냔 말유?”
여자가 다시 두 손바닥을 맞부비며 울먹였다.

 아낙이 가라앉은 목소리로 말했다.
“보아하니 그만하면 얼굴도 반반하고 식자깨나 들었던 것 같은데…… 어쩌다가 이 지경이 됐소? 어쩌다가 실성을 했느냔 말이오?”
여자가 다시 두 손바닥을 맞비비며 울먹였다.

222

개갈 안 난다

야무지지 못하다. 매사에 엉성하고 뜨뜻미지근하다. 일의 끊고 맺음이 정확하지 못하다. 잘 정돈되지 못하다. 환경과 조건이나 결과가 좋지 않다.

● 비 내리는 아침　　"강제공출 절대반대!"
"개갈 안 나서 뭇 듣것네."
아이가 몸을 일으켰다. 아이는 주먹으로 무릎을 두드렸다.
"뭇넌 소리는 대답두 뭇허면서 대이구 개갈 안 나넌 소리만 헤싸니 증말 재미읎어 뭇 듣것네."

"강제공출 절대 반대!"
"엉성해서 못 듣겠네."
아이가 몸을 일으켰다. 아이는 주먹으로 무릎을 두드렸다.
"묻는 소리는 대답도 못하면서 자꾸 엉성한 소리만 해대니 정말 재미없어 못 듣겠네."

투가리

뚝배기.

● **비 내리는 아침** 아낙이 여자 앞에 소반을 내려놓았다. 칠이 벗겨지고 철사로 테를 맨 개다리 소반 위에는 투가리가 놓여 있었다. 귀떨어진 질그릇 투가리에서는 더운 김이 솟아나고 있었고 투가리 옆에는 쑥개떡 몇 점이 담긴 대접이 놓여 있었다.
"한술 떠보우. 뜨건 국물허구 개떡 점 씹으면 아시 요긔는 될 규."

아낙이 여자 앞에 소반을 내려놓았다. 칠이 벗겨지고 철사로 테를 맨 개다리소반 위에는 뚝배기가 놓여 있었다. 귀가 떨어진 질그릇 뚝배기에서는 더운 김이 솟아나고 있었고 뚝배기 옆에는 쑥개떡 몇 점이 담긴 대접이 놓여 있었다.
"한술 떠보시오. 뜨거운 국물하고 개떡 좀 씹으면 조금 요기는 될 거요."

224

요량하다

잘 헤아려 생각하다.

● 그해 여름 무추룸해진 소년들이 고개를 외로 꼬며 죽사발에 얼굴을 묻었고, 청년이 엄한 얼굴로 말을 이었다.
"아 밥 다 먹었으면 냇갈이 가서 발이나 닦어. 빈 밥그릇만 긁지 말구. 아무리 어린 애덜이라지먼 집안 정황을 요량헐 중 알어야지. 아 싸게싸게 뭇덜 일어나넌겨. 아버지 어머니 심긔 상허시게 허지 말구."

시무룩해진 소년들이 고개를 왼쪽으로 꼬며 죽사발에 얼굴을 묻었고, 청년이 엄한 얼굴로 말을 이었다.
"아 밥 다 먹었으면 냇가에 가서 발이나 닦아. 빈 밥그릇만 긁지 말고. 아무리 어린 애들이라지만 집안 정황을 헤아릴 줄 알아야지. 아 빨리빨리 못 일어나는 거야. 아버지 어머니 심기 상하시게 하지 말고."

지청구

꾸지람. 까닭 없이 남을 탓하고 원망함.

● 그해 여름　　"둘째 언니는 밤낮 지청구만 혀. 밤낮 보리죽만 주면서."
탱탱하게 부은 목소리로 중얼거리며 소년 하나가 멍석 곁 검정고무신에 발을 꿰었다. 그 소년은 사립 쪽으로 뛰어갔고, 두레반 밑에서 계집아이에게 죽을 떠 넣어주던 아낙이 몸을 일으켰다.

"둘째 형은 밤낮 꾸짖기만 해. 밤낮 보리죽만 주면서."
탱탱하게 부은 목소리로 중얼거리며 소년 하나가 멍석 곁 검정 고무신에 발을 꿰었다. 그 소년은 사립 쪽으로 뛰어갔고, 둥근 밥상 밑에서 계집아이에게 죽을 떠 넣어주던 아낙이 몸을 일으켰다.

양주

바깥주인과 안주인이라는 뜻으로, '내외'를 이르는 말.

● 그해 여름　　"잠깐 네려갔다 와야겄유."
"네려가다니?
놀란 목소리로 두 양주가 동시에 소리쳤고, 청년이 말했다.
"아무래두 밤을 새얄 것 같은디…… 야긔가 너무 차유."

　　"잠깐 내려갔다 와야겠어요."
"내려가다니?
놀란 목소리로 두 내외가 동시에 소리쳤고, 청년이 말했다.
"아무래도 밤새야 할 것 같은데…… 밤기운이 너무 차요."

적바림

나중에 참고하기 위해 글로 적어 둠. 기록.

● **외로워야 한다** 이 글은 공부하는 사람들이 날마다 해야 될 일을 적어 놓은 것으로, 하루를 12시각으로 나누어 그때그때 지켜야 할 마음가짐과 몸가짐을 적바림하였다.

이 글은 공부하는 사람들이 날마다 해야 할 일을 적어 놓은 것으로, 하루를 12시각으로 나누어 그때그때 지켜야 할 마음가짐과 몸가짐을 기록하였다.

구멍수

방법. 수. 길. 솜씨. 꾀.

● **외로워야 한다** 선비라는 것은 임금님과도 마주앉아 거리낌없이 나라를 꾸려나갈 구멍수를 주고받을 만큼 나라에서 받들어 길러 주었던, 왕조시대를 받쳐 주는 기둥이었으므로 나날살이에 숨 가쁜 이제 여느 사람들과 같은 자리에서 견줄 수는 없다.

선비라는 것은 임금님과도 마주 앉아 거리낌 없이 나라를 꾸려나갈 방법을 주고받을 만큼 나라에서 받들어 길러 주었던, 왕조시대를 받쳐 주는 기둥이었으므로 일상생활에 숨 가쁜 이제 여느 사람들과 같은 자리에서 견줄 수는 없다.

한갓지게

한가하고 조용하게. 한심하고 엉뚱하게.

● **외로워야 한다** 산은 산이 아니고 물은 물이 아닌 세상이다. 모든 것이 빛의 빠르기로 바뀌어 가고 있다. 이 경천동지하고 혼비백산하는 정신의 대공황 시대에 한갓지게 농본주의 시대 교과서라니?

산은 산이 아니고 물은 물이 아닌 세상이다. 모든 것이 빛의 빠르기로 바뀌어 가고 있다. 이 경천동지하고 혼비백산하는 정신의 대공황 시대에 한가하게 농본주의 시대 교과서라니?

230

사람무리

인류

● **외로워야 한다** 아무리 세월이 흘러 살아가는 꼴이 달라졌다 하더라도 '그 무엇'을 찾아 앞으로 앞으로 나아가야만 하는 것이 사람이라고 한다면, 다를 것이 없겠다. 사람다운 사람이 되자는 것이 역사가 비롯된 때로부터 사람무리가 꾸어 왔던 꿈이었다.

아무리 세월이 흘러 살아가는 꼴이 달라졌다 하더라도 '그 무엇'을 찾아 앞으로 앞으로 나아가야만 하는 것이 사람이라고 한다면, 다를 것이 없겠다. 사람다운 사람이 되자는 것이 역사가 비롯된 때로부터 인류가 꾸어 왔던 꿈이었다.

231

작가가 살려 쓰는 우리말

먼장질

예전에 과녁을 정하지 않고 활을 들판에서 멋대로 쏴 팔 힘을 기르던 것.

● **외로워야 한다** 과녁이 뚜렷하지 않고서는 화살만 헤피 쓰는 먼장질이 되는 것이다. 그리고 그렇게 크고 뚜렷하게 세워진 뜻이 잣대로 삼아야 할 것은 성인이었으니, 예전 사람들은 참 꿈이 컸다.

과녁이 뚜렷하지 않고서는 화살만 헤프게 쓰는 과녁 없는 활쏘기가 되는 것이다. 그리고 그렇게 크고 뚜렷하게 세워진 뜻이 잣대로 삼아야 할 것은 성인이었으니, 예전 사람들은 참 꿈이 컸다.

하마

벌써. 이미.

● 외로워야 한다 그러나 일 때문에 늦게 들어와 잠든 아버지를 깨워서는 안 된다. 하마 깨실세라 엄마와 함께 발뒤꿈치를 들고 다녀야 하니, 외로운 아버지 마음을 헤아려드려야 한다. 그것이 오늘의 효이다.

그러나 일 때문에 늦게 들어와 잠든 아버지를 깨워서는 안 된다. 벌써 깨실세라 엄마와 함께 발뒤꿈치를 들고 다녀야 하니, 외로운 아버지 마음을 헤아려드려야 한다. 그것이 오늘의 효이다.

갈피

이치. 일의 갈래가 구별되는 어름.

● **외로워야 한다** 우주 삼라만상이 돌아가는 갈피를 두루 깨우친 큰 도인이 첫'마이크'를 잡는 자리였다. 그 도인은 당신 어머니를 모셔오게 하였다. 이 누리에 사람몸을 받아 태어나게 하여 준 가장 가까운 피의 인연인 어머니를 많은 사람들 앞에 앉으시게 하고, 우주가 뒤집어지는 사자후를 토하겠다는 것이었다.

우주 삼라만상이 돌아가는 이치를 두루 깨우친 큰 도인이 첫'마이크'를 잡는 자리였다. 그 도인은 당신 어머니를 모셔오게 하였다. 이 누리에 사람 몸을 받아 태어나게 하여 준 가장 가까운 피의 인연인 어머니를 많은 사람들 앞에 앉으시게 하고, 우주가 뒤집어지는 힘찬 깨달음을 말하겠다는 것이었다.

한뉘

한평생. 한살이.

● **외로워야 한다** 그런데 정작으로 배고픔보다 견딜 수 없는 것은 외로움이고, 외로움보다 더 견딜 수 없는 것은 그리움이다. 사람은 그리하여 한뉘 동안 끝없이 내 몸에 꼭 맞는 반쪽을 찾아 헤매게 되니, 삶이라고 한다.

그런데 정작으로 배고픔보다 견딜 수 없는 것은 외로움이고, 외로움보다 더 견딜 수 없는 것은 그리움이다. 사람은 그리하여 평생 끝없이 내 몸에 꼭 맞는 반쪽을 찾아 헤매게 되니, 삶이라고 한다.

아랑곳

어떤 일에 나서서 알려고 들거나 참견하는 짓. 관심.

● **외로워야 한다** 자아의 사고와 그것으로부터 비롯되는 모든 움직임, 곧 활동이 다른 사람의 뜻이나 바깥 세계의 아랑곳과 힘에 따라서 휘둘리는 삶을 우리는 노예적 삶이라 부르고, 이것은 개인 경우만이 아니라 민족 경우에 있어서도 어김없이 들어맞는 만고불변의 진리로 된다.

자아의 사고와 그것으로부터 비롯되는 모든 움직임, 곧 활동이 다른 사람의 뜻이나 바깥 세계의 참견과 힘에 따라서 휘둘리는 삶을 우리는 노예적 삶이라 부르고, 이것은 개인 경우만이 아니라 민족에도 어김없이 들어맞는 만고불변의 진리로 된다.

대모하다

대수롭다. 대단하다. 중요하다.

● **외로워야 한다** 사상은 그 사람의 세계관과 이음고리를 맺고 있다. 철학이 대모하다고 말하는 것은 철학이 홑되게 사람의 얼을 닦달시키거나 세계를 여러 가지로 풀이하고 새겨 내기만 하는 것이 아니라, 그렇게 움직여진 것들이 모여져서 마침내 운명까지를 헤쳐나가게 하기 때문이다.

사상은 그 사람의 세계관과 연관을 맺고 있다. 철학이 중요하다고 말하는 것은 철학이 단순히 사람의 얼을 단련시키거나 세계를 여러 가지로 풀이하고 새겨 내기만 하는 것이 아니라, 그렇게 움직여진 것들이 모여져서 마침내 운명까지를 헤쳐나가게 하기 때문이다.

저숩고

신령이나 조상께 메를 올리고.

● **외로워야 한다** 　'육니오 새변'의 미친 피바람에 창황망조蒼黃罔措, 그러니까 허겁지겁 갈팡질팡 하던 끝에 겨우 정신을 차리신 것이었다. 허둥지둥 차례를 저숩고 났을 때였다. 1951년.

'육이오 사변'의 미친 피바람에 창황망조蒼黃罔措, 그러니까 허겁지겁 갈팡질팡하던 끝에 겨우 정신을 차리신 것이었다. 허둥지둥 차례를 올리고 났을 때였다. 1951년.

내림줄기

전통.

● **외로워야 한다** 그로부터 62년이 지나간 이제까지 무릇 몇 권의 책을 읽었던가. 아마도 기천 권은 읽지 않았나 싶다. 사내라면 모름지기 다섯 수레에 가득 차고도 넘칠 만한 부피의 책을 읽어야 한다는 것이 우리나라를 비롯한 동양의 내림줄기 독서관이다.

그로부터 62년이 지나간 이제까지 무릇 몇 권의 책을 읽었던가. 아마도 기천 권은 읽지 않았나 싶다. 사내라면 모름지기 다섯 수레에 가득 차고도 넘칠 만한 부피의 책을 읽어야 한다는 것이 우리나라를 비롯한 동양의 전통적인 독서관이다.

넘성거려서

탐이 나서 목을 길게 빼고 자꾸 넘겨다 봐서.

● **외로워야 한다** 독서는 반드시 한 책을 살펴 읽어 참뜻을 다 알고 꿰뚫어서 믿지 못하는 마음이 없어진 뒤 다른 책으로 바꾸어 읽어야 한다. 많이 읽고 알아내려고 넘성거려서 이 책 저 책 바쁘게 두루 읽어서는 안 된다.

독서는 반드시 한 책을 살펴 읽어 참뜻을 다 알고 꿰뚫어서 믿지 못하는 마음이 없어진 뒤 다른 책으로 바꾸어 읽어야 한다. 많이 읽고 알아내려고 넘겨다 봐서 이 책 저 책 바쁘게 두루 읽어서는 안 된다.

템

생각보다 많은 정도를 나타내는 말.

● **외로워야 한다** 궁금한 것이 많은 소년이 있었다. 궁금한 템이 남다르게 아주 컸던 소년은 언제나 어머니한테 여쭙고는 하였다.
"엄마, 엄마, 하늘에는 무엇이 있어요? 누가 살아요?"
"아침이면 떠오르는 해는 어디서 오는 거여요?"

궁금한 것이 많은 소년이 있었다. 궁금한 정도가 남다르게 아주 컸던 소년은 언제나 어머니한테 여쭙고는 하였다.
"엄마, 엄마, 하늘에는 무엇이 있어요? 누가 살아요?"
"아침이면 떠오르는 해는 어디서 오는 거여요?"

애옥살이

가난에 쪼들려 고생스러운 살림살이. 애옥살림.

● **외로워야 한다** 애옥살이였다. 그래서 일고여덟 살 적부터 산에 오르고 들에 나가 나물을 뜯어 오고는 하였다. 그리하여 아침밥을 먹고 나가면 해동갑을 하고 나서야 돌아왔는데, 별꼴. 옆구리에 끼고 나갔던 대바구니에 담겨 있는 나물은 몇 줌 되지 않는 것이었다.

가난한 살림이었다. 그래서 일고여덟 살 적부터 산에 오르고 들에 나가 나물을 뜯어 오고는 하였다. 그리하여 아침밥을 먹고 나가면 해가 질 때가 되어서야 돌아왔는데, 별꼴. 옆구리에 끼고 나갔던 대바구니에 담겨 있는 나물은 몇 줌 되지 않는 것이었다.

실퇴

좁게 놓은 툇마루

● **외로워야 한다** 밤이 되면 또한 뒤란으로 붙은 실퇴에 아그려쥐고 앉아 달을 올려다보고, 마당이나 사립 밖으로 나가 별을 바라보는 것이었다. 그러다가 아흐! 소리치며 방으로 들어가 그때부터 책을 보는 것이었다.

밤이 되면 또한 집 뒤 울 안으로 붙은 툇마루에 쪼그리고 앉아 달을 올려다보고, 마당이나 사립 밖으로 나가 별을 바라보는 것이었다. 그러다가 아흐! 소리치며 방으로 들어가 그때부터 책을 보는 것이었다.

고갱이

초목의 줄기 한가운데에 있는 연한 심. 알심. 사물의 핵심.

● **외로워야 한다** 깊고 넓게 오랫동안 생각한 끝에 얻게 된 깨달음과 밝게 깨우친 옛사람들 말씀과 맞춰 보는 것이었는데, 다르지 않은 것이었다. 깨우친 것과 다를 때는 다시 '왜 다른가?'를 가지고 또 뚫고 파들어 갔다. 먼저 그 고갱이 갈피를 파고들어 가 깨우친 끝에 책을 읽어 먼저 깨우친 이들 뜻과 맞춰 보는 궁구법이었다.

깊고 넓게 오랫동안 생각한 끝에 얻게 된 깨달음과 밝게 깨우친 옛사람들 말씀과 맞춰 보는 것이었는데, 다르지 않은 것이었다. 깨우친 것과 다를 때는 다시 '왜 다른가?'를 가지고 또 뚫고 파 들어갔다. 먼저 그 핵심 이치를 파고들어 가 깨우친 끝에 책을 읽어 먼저 깨우친 이들 뜻과 맞춰 보는 공부법이었다.

갈닦아

연구해.

● **외로워야 한다** 격물格物이라는 것은 사물의 갈피를 하나하나 갈닦아 나가는 것을 말한다. 그러므로 차츰차츰 앎이 이루어지고, 앎이 이루어지면 마음이 바르게 된다고 보았다. 이와 같이 마음이 바르게 되면 마침내 수신修身, 곧 마음 닦달이 이루어진다고 보았다.

격물이라는 것은 사물의 갈피를 하나하나 연구해 나가는 것을 말한다. 그러므로 차츰차츰 앎이 이루어지고, 앎이 이루어지면 마음이 바르게 된다고 보았다. 이와 같이 마음이 바르게 되면 마침내 수신修身, 곧 마음 매만짐이 이루어진다고 보았다.

옹근

완전한.

● **외로워야 한다** 이처럼 완전한 인격자 곧 옹근 됨됨이가 되어야 집안도 다스릴 수 있고, 나라도 다스릴 수 있으며, 드디어 나아가서는 하늘 아래 뭇 목숨붙이들을 잘 보살피게 되어, 모두가 넉넉한 삶을 누릴 수 있게 된다는 것이었다.

이처럼 완전한 인격자 곧 완전한 됨됨이가 되어야 집안도 다스릴 수 있고, 나라도 다스릴 수 있으며, 드디어 나아가서는 하늘 아래 뭇 생명들을 잘 보살피게 되어, 모두가 넉넉한 삶을 누릴 수 있게 된다는 것이었다.

물몬

사물.

● **외로워야 한다**　　서경덕 선생 이야기이다. 화담이 물몬 갈피를 궁구하는 법은 땅불쑥하게 남다른 데가 있었다. 먼저 그 갈피를 알아내야 할 것들을 죽 써 놓는다. 그런 다음 그 발기들을 하나하나 벽에 붙여 놓고 깊고 넓게 그 갈피를 파고들어 가는데 한 가지라도 그 갈피를 깨우쳐 내지 못하는 것이 있다면 밥을 먹을 때도, 정랑에 가 일을 볼 때도, 집안일을 할 때도, 그리고 꿈속에서까지도 그 물몬 생각만 오로지 하였다.

서경덕 선생 이야기이다. 화담이 사물 이치를 공부하는 법은 특별하게 남다른 데가 있었다. 먼저 그 이치를 알아내야 할 것들을 죽 써 놓는다. 그런 다음 그 목록들을 하나하나 벽에 붙여 놓고 깊고 넓게 그 이치를 파고들어 가는데 한 가지라도 그 이치를 깨우쳐 내지 못하는 것이 있다면 밥을 먹을 때도, 뒷간에 가 일을 볼 때도, 집안일을 할 때도, 그리고 꿈속에서까지도 그 사물 생각만 오로지 하였다.

물이못나게

무엇을 정신없이 닦달하는 모양을 나타내는 말.

● **외로워야 한다**　　존재하는 모든 것들이 죄 물이못나게 낱낱이 까발려지는 마당이므로 되어 보고 싶은 것도 없고 가보고 싶은 곳도 없다. 사람들에게는 무엇보다도 먼저 꿈이 있어야 되는데, 재미없는 세상이 된 것이다. …… 그래서 괴롭다.

존재하는 모든 것들이 다 정신없이 닦달하여 낱낱이 까발려지는 마당이므로 되어 보고 싶은 것도 없고, 가보고 싶은 곳도 없다. 사람들에게는 무엇보다도 먼저 꿈이 있어야 하는데, 재미없는 세상이 된 것이다. …… 그래서 괴롭다.

몸맨두리

몸의 모양과 태도. 자세.

● **외로워야 한다** 서당을 하면서 깜짝 놀란 것이 있습니다. 저 고조선 할아버지들이 만드신 진서眞書를 가르쳐 주는 것도 그렇지만 무게점을 두었던 것은 본바탕 몸가짐이었습니다. 그래서 힘을 썼던 것이 올바른 몸맨두리로 앉아 똑고르게 들숨날숨 하는 것과 온몸 운동인 108배 하기였지요.

서당을 하면서 깜짝 놀란 것이 있습니다. 저 고조선 할아버지들이 만드신 진서眞書를 가르쳐 주는 것도 그렇지만 중점을 두었던 것은 본바탕 몸가짐이었습니다. 그래서 힘을 썼던 것이 올바른 자세로 앉아 똑 고르게 호흡하는 것과 온몸 운동인 108배 하기였지요.

게목지르는

듣기 싫게 마구 소리를 지르는.

● **외로워야 한다** "집하압! 선착순으로 집하아압!" 군복 입고 군모 쓰고 지휘봉 치켜든 교련 선생이 게목지르는 소리에 죽을 둥 살 둥 달음박질쳐 달려갔던 학생들이었습니다.

"집하압! 선착순으로 집하아압!" 군복 입고 군모 쓰고 지휘봉 치켜든 교련 선생이 듣기 싫게 지르는 소리에 죽을 둥 살 둥 달음박질쳐 달려갔던 학생들이었습니다.

덤부렁듬쑥 메숲져

울창하게 숲이 우거져.

● **외로워야 한다** 봄에는 산나물 캐고, 여름에는 야생차 만들 꽃과 풀을 뜯고, 가을에는 버섯 따고 알밤 줍고, 겨울에는 잣눈 덮인 산길 걸으며 까투리 장끼 족제비 너구리 청설모 다람쥐 고라니 멧도야지와 이야기를 나눠 보고 싶습니다. 여기는 덤부렁듬쑥 메숲져 외로운 국유림 속이지요.

봄에는 산나물 캐고, 여름에는 야생차 만들 꽃과 풀을 뜯고, 가을에는 버섯 따고 알밤 줍고, 겨울에는 한 자 남짓한 눈 덮인 산길 걸으며 까투리 장끼 족제비 너구리 청설모 다람쥐 고라니 멧돼지와 이야기를 나눠 보고 싶습니다. 여기는 울창하게 숲이 우거져 외로운 국유림 속이지요.

반우물

두 집에서 같이 쓰는 우물.

● **외로워야 한다** "낙화인믜구 이로구나, 낙화인믜구이여……."
할아버지 한숨소리에 서까래가 내려앉았으니, 봄이었다. 『맹자』를 읽을 때였다. 달팽이 껍질 같은 오막살이였을망정 저 아래 반우물까지 가는 외자욱길 가생이로 꽃이 피었는데, 살구꽃이었다.

 "낙화인미귀로구나, 낙화인미귀여……."
할아버지 한숨 소리에 서까래가 내려앉았으니, 봄이었다. 『맹자』를 읽을 때였다. 달팽이 껍데기 같은 오막살이였을망정 저 아래 두 집이 같이 쓰는 우물까지 가는 한쪽으로 간 발자국만 있는 길 가장자리로 꽃이 피었는데, 살구꽃이었다.

애두름

야트막한 산자락

● **외로워야 한다** 코끝이 찡해 와서 방을 나왔다. 그리고 도린결 돌아 오줌독이 놓인 데까지 가는데, 별꼴. 정수리께가 간질간질해서 고개를 들어 애두름 쪽을 바라보니 개복사꽃이 피어 있었다. 웃는 듯한 분홍빛이었다.

코끝이 찡해 와서 방을 나왔다. 그리고 외진 곳을 돌아 오줌독이 놓인 데까지 가는데, 별꼴. 정수리께가 간질간질해서 고개를 들어 야트막한 산자락 쪽을 바라보니 개복사꽃이 피어 있었다. 웃는 듯한 분홍빛이었다.

옥생각

공연히 자기에게 해롭게만 받아들이는 그른 생각.

● **외로워야 한다** 퇴계가 붙인 '시작 노트'이다.
"이 시는 내 뜻을 말하기는 했으나, 더러 남들이 나를 매몰차다고 옥생각할까 봐 내보이지 않았다가 이제 내보이는 것이다. 그러나 매몰찬 것이 아니라 어쩔 수 없는 내 속내를 밝힌 것이다."

 퇴계가 붙인 '시작 노트'이다.
"이 시는 내 뜻을 말하기는 했으나, 더러 남들이 나를 매몰차다고 잘못 생각할까 봐 내보이지 않았다가 이제 내보이는 것이다. 그러나 매몰찬 것이 아니라 어쩔 수 없는 내 속내를 밝힌 것이다."

데면데면하다

덤덤하다. 소홀하다. 가볍다.

● **외로워야 한다** "손님상을 차리게 할 때는 반드시 집에 있는 셈평대로 하게 하였다. 귀한 손이 왔다고 해서 푸짐하게 차리는 일도 없었거니와 보잘것없고 어린 사람이라고 해서 데면데면하게 하지도 않으셨다."

"손님상을 차리게 할 때는 반드시 집에 있는 형편대로 하게 하였다. 귀한 손이 왔다고 해서 푸짐하게 차리는 일도 없었거니와 보잘것없고 어린 사람이라고 해서 소홀하게 하지도 않으셨다."

언걸

다른 사람 때문에 당하는 괴로움이나 해. 재난.

● **외로워야 한다** '감선減膳'이라는 말이 있었다. 나라에 무슨 언걸이 들었을 때, 그러니까 지진·해일·화산폭발 같은 야릇한 일과 가뭄·홍수 같은 하늘과 땅이 끼치는 어려움이 닥쳤을 때, 임금이 몸소 삼가한다는 뜻으로 수라상의 음식 가짓수를 줄이던 것이다.

'감선減膳'이라는 말이 있었다. 나라에 무슨 재난이 들었을 때, 그러니까 지진·해일·화산폭발 같은 야릇한 일과 가뭄·홍수 같은 하늘과 땅이 끼치는 어려움이 닥쳤을 때, 임금이 몸소 삼간다는 뜻으로 수라상의 음식 가짓수를 줄이던 것이다.

느루

한꺼번에 몰아치지 않고 오래도록.

● **외로워야 한다** 반찬 가짓수 줄이는 것은 그만두고 줄이고 말고 할 반찬이 없었다. '지렁물'이라고 하던 간장과 된장 · 고추장, 그리고 느루 가라고 소금을 잔뜩 뿌려 소태 같은 짠지뿐인 밥상이었던 것이다.

'반찬 가짓수 줄이는 것은 그만두고 줄이고 말고 할 반찬이 없었다. '지렁물'이라고 하던 간장과 된장 · 고추장, 그리고 오래 가라고 소금을 잔뜩 뿌려 소태 같은 짠김치뿐인 밥상이었던 것이다.

능지게

잣대에 차고 넘치게.

● **외로워야 한다** 피를 팔아 밥을 사 먹는 등 굶주림에 한이 맺힌 어떤 정치인은 6·29 뒤 두 김 씨 다음 3인자 노릇을 할 때도 얼마나 배고픈 한이 맺혔던지 밥만큼은 늘 능지게 짓게 하였다고 한다.

피를 팔아 밥을 사 먹는 등 굶주림에 한이 맺힌 어떤 정치인은 6·29 뒤 두 김 씨 다음 3인자 노릇을 할 때도 얼마나 배고픈 한이 맺혔던지 밥만큼은 늘 넘치게 짓게 하였다고 한다.

그루박다

다짐하다.

● **외로워야 한다** 이대산 선생 이야기는 모든 다스림의 밑바탕이 되는 집안 살림살이를 알뜰하게 해야 된다는 것을 그루박고 있는데, 나는 장 배가 고팠다. 칠십이 내일모레인 이제까지도 잊혀지지 않는 그림이 있다. 그렇다. 출발은 아주 안타까운 울음으로부터였다.

이대산 선생 이야기는 모든 다스림의 밑바탕이 되는 집안 살림살이를 알뜰하게 해야 한다는 것을 다짐하고 있는데, 나는 늘 배가 고팠다. 칠십이 내일모레인 이제까지도 잊히지 않는 그림이 있다. 그렇다. 출발은 아주 안타까운 울음으로부터였다.

샐쭉경

안경알이 가로로 갸름한 안경.

● **외로워야 한다** "승됭아!"

어머니가 부르는 소리였다. 어머니만이 아니라 옛살라비 켠 사람들은 나를 꼭 성동이 아니라 승됭이라고 불렀다. 할아버지가 쓰던 샐쭉경처럼 얇고 갈쭉한 조약돌 쥐고 물수제비 뜰 때처럼 엷댕이로 잦바듬히 눕혀 부르는 충청도 말이다.

"승됭아!"

어머니가 부르는 소리였다. 어머니만이 아니라 고향 쪽 사람들은 나를 꼭 성동이 아니라 승됭이라고 불렀다. 할아버지가 쓰던 알이 가로로 갸름한 안경처럼 얇고 조금 긴 조약돌 쥐고 물수제비 뜰 때처럼 옆으로 비스듬히 눕혀 부르는 충청도 말이다.

팔팔결

다른 정도가 엄청남.

● 외로워야 한다 어떤 사달에 검찰 켠 증인으로 나온 충청도 사람이 한 말이란다. 검찰 조사 때 했던 증언과 팔팔결로 알쏭달쏭 길둥그렇게 늘여 빼는 바람에 충청도 사람은 증인으로 쓰지 않는다는 우스갯말이 나오게 된 보기이다.

어떤 사건에 검찰 쪽 증인으로 나온 충청도 사람이 한 말이란다. 검찰 조사 때 했던 증언과 엄청나게 다르게 알쏭달쏭 길고 둥그렇게 늘여 빼는 바람에 충청도 사람은 증인으로 쓰지 않는다는 우스갯말이 나오게 된 보기이다.

줄밑 걷어

일의 단서나 말의 출처를 더듬어 찾아.

● **외로워야 한다** 저 삼국시대로까지 줄밑 걷어 가야만 된다. 하루는 백제 땅이 되었다가 하루는 또 신라 땅이 되는 판이었으므로, 섣부르게 어느 켠 편을 들 수 없는 일됨새였다. 그래서 생각해 낸 꾀가 될 수 있는 대로 천천히 그 속마음을 드러내자는 것이었다.

저 삼국시대로까지 출처를 더듬어 가야만 된다. 하루는 백제 땅이 되었다가 하루는 또 신라 땅이 되는 판이었으므로, 섣부르게 어느 켠 편을 들 수 없는 사정이었다. 그래서 생각해 낸 꾀가 될 수 있는 대로 천천히 그 속마음을 드러내자는 것이었다.

판막음

그 판에서 마지막 승리. 또는 마지막 승부를 가리는 일.

● **외로워야 한다** 요즈막에 충청도를 가 보면 이른바 현대적으로 평준화되어 그런지 서울 사람들 말투와 크게 다르지 않아, 충청도의 참모습을 믿지 못하게 한다. 한마디로 충청도 사람들 말투가 느려진 것은, 어느 켠에서 판막음을 하게 될지 모르므로 판가름을 미루어 둘 수밖에 없었던 풀잎사람들 슬픈 살꾀였다.

요즈막에 충청도를 가보면 이른바 현대적으로 평준화되어 그런지 서울 사람들 말투와 크게 다르지 않아, 충청도의 참모습을 믿지 못하게 된다. 한마디로 충청도 사람들 말투가 느려진 것은, 어느 쪽에서 마지막 승리를 할지 모르므로 판가름을 미루어 둘 수밖에 없었던 백성들 슬픈 계책이었다.

내포 칠읍

서산, 당진, 예산, 홍성, 보령, 청양, 서천.

● **외로워야 한다** '육니오 새변' 때도 그러하였으니 인공기 꽂은 인민군 병정들이 들어오면"인미이인괴에엥하아구우욱만서이이!"를 부르고, 태극기 꽂은 국방군 병정들이 들어오면 "대하아안믜이이인구우욱만서이이"하고 두 팔 높이 치켜 올렸던 충청도 사람들이었다. 충청도에서도 내포 칠읍 켠 사람들이 더구나 그러하였으니, 내포야말로 가장 충청도의 참모습을 지닌 곳이었던 것이다.

'육이오 사변'때도 그러하였으니 인공기 꽂은 인민군 병정들이 들어오면"인미이인괴에엥하아구우욱만서이이!"를 부르고, 태극기 꽂은 국방군 병정들이 들어오면 "대하아안믜이이인구우욱만서이이"하고 두 팔 높이 치켜올렸던 충청도 사람들이었다. 충청도에서도 서산, 당진, 예산, 홍성, 보령, 청양, 서천 쪽 사람들이 더구나 그러하였으니, 내포야말로 가장 충청도의 참모습을 지닌 곳이었다.

발잡이

각주. 아랫주.

● **외로워야 한다** 종이가 매우 귀해서 흑판이 되어버린 신문지 쪼가리에 글씨를 쓰며 '돌다리와 독을 종이 삼아 글씨를 익혔다'는 한석봉 이야기를 떠올리느라, 아랫도리 삐침이 흔들렸다. 그때 내가 쓸 수 있던 글자는 천 자가 넘었는데도 어찌 꼭 '놀 유遊'자를 썼던가는 굳이 발잡이를 달지 않겠다.

종이가 매우 귀해서 흑판이 되어버린 신문지 쪼가리에 글씨를 쓰며 '돌다리와 돌을 종이 삼아 글씨를 익혔다'는 한석봉 이야기를 떠올리느라, 아랫도리 삐침이 흔들렸다. 그때 내가 쓸 수 있던 글자는 천 자가 넘었는데도 어찌 꼭 '놀 유遊'자를 썼던가는 굳이 각주를 달지 않겠다.

코그루를 박다

잠을 자다.

● **외로워야 한다**　　오늘은 새꼽빠지게 즘심을 다 허넌 모냥이니, 빌꼴일세! 아침은 장 늦게 먹었고 저녁은 일찍 먹었다. 점심이라는 것을 먹어 본 적이 거의 없었으며, 다다 일찌감치 저녁을 먹고는 생으로 코그루를 박는 것이었다.

오늘은 새삼스럽게 점심을 다 하는 모양이니, 별꼴일세! 아침은 늘 늦게 먹었고 저녁은 일찍 먹었다. 점심이라는 것을 먹어 본 적이 거의 없었으며, 아무쪼록 일찌감치 저녁을 먹고는 억지로 잠을 자는 것이었다.

찰가난

여간해서는 벗어나기 어려운 가난.

● **외로워야 한다** 반찬은 그리고 언젠가 먹어본 적이 있던 기름이 둥둥 뜨는 고깃국에 노릇노릇 구운 굴비였다. 아침을 늦게 먹는 것도 저녁밥 먹을 때까지 그 무섭게 징글징글하던 긴 사이를 줄여 보자는 것이었으니, 똥구녁이 찢어지는 찰가난 속에 목숨줄 이어 나가던 애옥살이 풀잎사람들이 비벼 볼 수 있는 슬픈 언덕이었다.

반찬은 그리고 언젠가 먹어본 적이 있던 기름이 둥둥 뜨는 고깃국에 노릇노릇 구운 굴비였다. 아침을 늦게 먹는 것도 저녁밥 먹을 때까지 그 무섭게 징글징글하던 긴 사이를 줄여 보자는 것이었으니, 똥구멍이 찢어지는 벗어나기 어려운 가난 속에 목숨줄 이어 나가던 가난한 살림살이 서민들이 비벼 볼 수 있는 슬픈 언덕이었다.

267

전더구니

물건 가장자리를 이룬 나부죽하게 된 곳. 전.

● **외로워야 한다** “워째서 그렇게 대꾸가 읎다? 응구첩대가 읎서어.”
부지깽이를 놓은 어머니는 마른 행주를 잡더니 함치르르한 중백이 흑철솥 전더구니로 흘러넘치던 밥물을 훔치었다.

“어째서 그렇게 대꾸가 없는 거야? 물음에 대한 대답이 없어.”
부지깽이를 놓은 어머니는 마른 행주를 잡더니 윤이 나는 중간 크기 검정 쇠솥 가장자리로 흘러넘치던 밥물을 훔치었다.

얄브스레하다

두께가 조금 얇은 듯하다.

● 외로워야 한다　　“빌꼴 다 보것네.”
코를 벌름거리는데 어머니가 깨꽃처럼 얄브스레 눈을 흘기었다.
“뭐이가 빌꼴이라넌 겨?”
“새꼽빠지게 즘심밥을 다 허니께 말여.”

“별꼴 다 보겠네.”
코를 벌름거리는데 어머니가 깨꽃처럼 가늘게 눈을 흘기었다.
“뭐가 별꼴이라는 거여?”
“새삼스럽게 점심밥을 다 하니까 말이야.”

까대기

벽·담 따위에 임시로 덧붙여 만든 허술한 건조물. 가건물.

● **외로워야 한다** 사랑채 토방에는 신발 두 켤레가 놓여 있었다. 전에 살던 사람이 헛간처럼 쓰던 데를 손보아 사랑방 명색으로 쓰는 까대기 같은 곳이었다. 수세미나 헝겊조각에 기와가루 묻혀 뽀드득뽀드득 꼭 짜리 터지는 소리가 나게 닦아 잘 바랜 옥양목 빛깔로 하이얀 고무신은 할아버지 것이었고, 그 옆댕이에 놓인 청올치로 삼은 미투리에는 누런 황톳물이 배어 있어, 먼 길 걸어온 과객사람 것으로 보였다.

사랑채 토방에는 신발 두 켤레가 놓여 있었다. 전에 살던 사람이 헛간처럼 쓰던 데를 손보아 사랑방 명색으로 쓰는 가건물 같은 곳이었다. 수세미나 헝겊 조각에 기와가루 묻혀 뽀드득뽀드득 꼭 짜리 터지는 소리가 나게 닦아 잘 바랜 옥양목 빛깔로 하이얀 고무신은 할아버지 것이었고, 그 옆에 놓인 칡덩굴로 삼은 미투리에는 누런 황톳물이 배어 있어, 먼 길 걸어온 과객사람 것으로 보였다.

마슬러보다

짯짯이 훑어보다.

● **외로워야 한다** 뚫어져라 나를 마슬러보던 과객이 쪼글쪼글 잔주름 잡히는 누런 낯으로 할아버지를 바라보았는데, 말투로 보아 할아버지와 평교平交하는 사이 같았다.
"아직 보리와 콩두 분간 못 허넌 철부지로세."
"허, 저 영특헤 뵈넌 눈빛허구, 관옥 같은 얼굴이 똑 그 사람을 빼다 박지 않었는가."

뚫어지라고 나를 훑어보던 과객이 쪼글쪼글 잔주름 잡히는 누런 낯으로 할아버지를 바라보았는데, 말투로 보아 할아버지와 나이가 비슷한 사이 같았다.
"아직 보리와 콩도 분간 못 하는 철부지로세."
"허, 저 영특해 보이는 눈빛하고, 관옥 같은 얼굴이 똑 그 사람을 빼다 박지 않았는가."

배강

책을 보지 않고 돌아앉아서 욈.

● **외로워야 한다** "크흐음. 이 으른 앞이서 어제 밴 것 한번 오여 보거라."
할아버지는 지그시 눈을 감으시었고, 나는 꿇고 앉은 두 무르팍 위에 놓인 두 주먹에 힘을 주었다. 앞에 책이 없으니 굳이 배강을 할 것도 없었다.
"화호화픠난호골畵虎畵皮難虎骨이요, 지인지믠부지심知人知面不知心이니라."

"크흐음. 이 어른 앞에서 어제 배운 것 한번 외어 보아라."
할아버지는 지그시 눈을 감으시었고, 나는 꿇고 앉은 두 무르팍 위에 놓인 두 주먹에 힘을 주었다. 앞에 책이 없으니 굳이 돌아앉아서 외울 것도 없었다.
"화호화피난호골畵虎畵皮難虎骨이요, 지인지면부지심知人知面不知心이니라."

가잠나룻

짧고 숱이 적은 구레나룻.

● **외로워야 한다** 허연 가잠나룻을 주억이던 그 늙은 과객은 놀랐다는 눈빛으로 할아버지를 바라보았다. 할아버지 옛살라비인 예산 광시光時 쪽에서 왔다는 그는 조선바지저고리 위에 꾀죄죄한 무명 두루마기를 걸치고 있었는데, 검버섯이 핀 얼굴이 꺼칠하였다.
"달소수 만에 백수문 띠구 툉감 거쳐 보감을 읽넌다니 …… 츤재로세."

하얗고 짧은 구레나룻을 끄덕이던 그 늙은 나그네는 놀랐다는 눈빛으로 할아버지를 바라보았다. 할아버지 고향인 예산 광시光時 쪽에서 왔다는 그는 조선 바지저고리 위에 꾀죄죄한 무명 두루마기를 걸치고 있었는데, 검버섯이 핀 얼굴이 꺼칠하였다.
"한 달여 만에 천자문 떼고 통감 거쳐 보감을 읽는다니 …… 천재로세."

거시침

가슴속이 느글거리면서 목구멍에서 나오는 군침.

● **외로워야 한다** 재게 오르내리는 수저를 바라보던 나는 미주알을 눌러 막고 있던 두 발꿈치에 힘을 주어야만 하였으니, 거시침이 흐르면서 그만 힘도 내음도 없는 물방귀가 비어져 나왔던 것이다.

빠르게 오르내리는 수저를 바라보던 나는 항문끝을 눌러 막고 있던 두 발꿈치에 힘을 주어야만 하였으니, 군침이 흐르면서 그만 힘도 내음도 없는 물방귀가 비어져 나왔던 것이다.

가난도 비단가난

아무리 가난하여도 몸을 함부로 가지지 않고 본디부터 내려오던 점잖은 집안 내림을 더럽히지 않는다는 뜻.

● **외로워야 한다** 서른 날에 아홉 끼밖에 못 먹는 애옥살이일망정 손이 오면 꼭 진지 대접을 하고 먼 길 온 과객한테는 사슬돈푼이나마 노잣닢까지 꼭 쥐어주는 할아버지가 으뜸 어른이신 우리 집은, 가난도 비단가난이었다.

한 달에 아홉 끼밖에 못 먹는 가난한 살림일망정 손님이 오면 꼭 진지 대접을 하고 먼 길 온 나그네한테는 잔돈푼이나마 차비까지 꼭 쥐어주는 할아버지가 으뜸 어른이신 우리 집은, 가난도 점잖은 가난이었다.

총댕이

포수. 총으로 짐승을 잡는 사냥꾼.

● **외로워야 한다** 고종 3년인 1866년 10월 법국法國 함대사령관 로즈가 육전대 곧 해병대 1천 명, 군함 7척, 대포 10문에 신부 리델과 조선인 천좍쟁이 3명을 길라잡이 삼아 쳐들어 와 "조선에서 법국 선교사 9명을 죽였으니, 그 앙갚음으로 조선인 9천 명을 죽이겠다."며 강화도를 쑥대밭으로 만들었다가, 양헌수(1816~1888) 장군이 거느리는 용문산 총댕이들 불질에 녹아 쫓겨나갔던 사달을 가리켜 병인양요丙寅洋擾라고 부른다.

고종 3년인 1866년 10월 프랑스 함대사령관 로즈가 육전대 곧 해병대 1천 명, 군함 7척, 대포 10문에 신부 리델과 조선인 천주학쟁이 3명을 길안내로 삼아 쳐들어 와 "조선에서 프랑스 선교사 9명을 죽였으니, 그 앙갚음으로 조선인 9천 명을 죽이겠다."며 강화도를 쑥대밭으로 만들었다가, 양헌수(1816~1888) 장군이 거느리는 용문산 포수들 총질에 녹아 쫓겨 나갔던 사건을 가리켜 병인양요丙寅洋擾라고 부른다.

아람치

제 차지. 소유물. 사유물.

● **외로워야 한다** 자기네 할아버지들이 다른 나라에 쳐들어가서 날도둑질하여 온 물건을 시간이 흘러 이미 자기네 아람치가 되었으므로 돌려줄 수 없다고 버티는 것이다.(미테랑이 테제베를 팔러 올 때 맛보기로 가져온 1권만 받았다.)

자기네 할아버지들이 다른 나라에 쳐들어가서 날도둑질하여 온 물건을 시간이 흘러 이미 자기네 소유물이 되었으므로 돌려줄 수 없다고 버티는 것이다.(미테랑이 테제베를 팔러 올 때 맛보기로 가져온 1권만 받았다.)

뒨장질

사람이나 짐승, 물건 따위를 뒤져내는 짓.

● **외로워야 한다** 그 도서관 사서라는 이들은 자기네 신문에 났던 글도 안 보았던 모양이니, 그때 날도둑질하러 들어왔던 어떤 장교가 쓴 것이라는데-
강화도를 차고앉아 무슨 보물이 없나 하고 뒨장질을 하고 다녔는데, 집집마다 반드시 책들이 있더라는 것이었다. 백성들이 사는 집은 모두 게딱지 같은 초가집인데, 그 초가집 흙방마다 몇 권씩이라도 꼭 갖춰져 있는 책이더라는 것이다.

그 도서관 사서라는 이들은 자기네 신문에 났던 글도 안 보았던 모양이니, 그때 날도둑질하러 들어왔던 어떤 장교가 쓴 것이라는데-
강화도를 차고앉아 무슨 보물이 없나 하고 뒤지고 다녔는데, 집집마다 반드시 책들이 있더라는 것이었다. 백성들이 사는 집은 모두 게딱지 같은 초가집인데, 그 초가집 흙방마다 몇 권씩이라도 꼭 갖춰져 있는 책이더라는 것이다.

한둔하다

한뎃잠 자다. 한데에서 밤을 지새다. '노숙露宿'은 왜말.

● **외로워야 한다**　　한때 법국을 쥐고 흔들었던 나폴레옹은 대단한 독서가였다고 한다. 말을 타고 싸움터로 갈 때면 책이 가득 실린 도서마차를 한 대 끌고 갔다고 한다. 달리는 말 위에서도 읽고, 한둔하는 천막 속에서도 읽었는데, 보고 난 책은 뒤로 던졌다는 것이니, 짐을 덜자는 것이었다.

한때 프랑스를 쥐고 흔들었던 나폴레옹은 대단한 독서가였다고 한다. 말을 타고 싸움터로 갈 때면 책이 가득 실린 도서 마차를 한 대 끌고 갔다고 한다. 달리는 말 위에서도 읽고, 한뎃잠 자는 천막 속에서도 읽었는데, 보고 난 책은 뒤로 던졌다는 것이니, 짐을 덜자는 것이었다.

279

지닐총

한 번 듣거나 보거나 한 것을 잊지 않고 오래 지니는 총기. 지닐 재주. 기억력. 총기. 윌총.

● 외로워야 한다 다산의 지닐총은 놀랍게 뛰어나서 세상 사람들은 계곡谿谷 장유(1587~1638)와 견주었다.

이서구가 깜짝 놀라며 "말에 실은 것은 무슨 책이냐?"고 묻자 소년은 "강목입니다."하였다. 그가 "강목을 어찌 열흘 만에 다 읽을 수 있단 말이 냐?"하고 묻자 소년은 "읽은 것이 아니라 다 외웠습니다."하였다.

이서구는 수레를 멈추고 책을 여기저기서 뽑아 그를 시험하였다.

다산의 기억력은 놀랍게 뛰어나서 세상 사람들은 계곡谿谷 장유(1587~1638)와 견주었다.

이서구가 깜짝 놀라며 "말에 실은 것은 무슨 책이냐?"고 묻자 소년은 "강목입니다."하였다. 그가 "강목을 어찌 열흘 만에 다 읽을 수 있단 말이 냐?"하고 묻자 소년은 "읽은 것이 아니라 다 외웠습니다."하였다.

이서구는 수레를 멈추고 책을 여기저기서 뽑아 그를 시험하였다.

모가비

왕초. 우두머리.

● **외로워야 한다** 정조가 의문사하면서 일어난 1801년 신유사옥 때 사학邪學의 두 모가비로 불도장 찍혔던 것이 이가환과 정약용이다. 재예와 박학의 상징으로 신화적 쌍구슬이었던 두 사람이었는데, 가환은 약용보다 20년 손위였다. 이가환 전배가 지녔던 '공포의 욀총'에 대한 정약용 말이다.

정조가 의문사하면서 일어난 1801년 신유사옥 때 사학邪學의 두 우두머리로 낙인 찍혔던 것이 이가환과 정약용이다. 재능과 기예, 박학의 상징으로 신화적 쌍벽이었던 두 사람이었는데, 가환은 약용보다 20년 손위였다. 이가환 선배가 지녔던 '공포의 욀총'에 대한 정약용 말이다.

해적이

넌보.

● 외로워야 한다 그런데 해적이를 보면 고개가 갸웃하여지는 대목이 나오니, 51세 때이다. 강진에 유배 중이었는데 홍경래란洪景來亂, 곧 서북지역에 농민항쟁이 일어났다는 소식을 듣고, '폭도들을 토벌할 것'을 내대는 통문을 지어 호남 유생들에게 돌렸던 것이다.

그런데 연보를 보면 고개가 갸웃하는 대목이 나오니, 51세 때이다. 강진에 유배 중이었는데 홍경래란洪景來亂, 곧 서북지역에 농민항쟁이 일어났다는 소식을 듣고, '폭도들을 토벌할 것'을 들이대는 통문을 지어 호남 유생들에게 돌렸던 것이다.

애와텨하다

창자가 끊어지게 슬퍼하다.

● **외로워야 한다** 농민들 애옥살이를 애와텨하는 목 타는 안타까움으로 5백 권에서 한 권 빠지는 책을 썼던 천재 사상가였으나, 그의 사회·정치사상이 터 잡고 있는 것은 이상화된 고대 봉건국가였다. 무너져가는 농촌 문제를 체제 위기로 느끼고 강력한 개혁으로 봉건체제를 지켜 내고자 했던 것이다.

농민들의 찢어지게 가난한 살림을 창자가 끊어지게 슬퍼하는 목이 타는 안타까움으로 5백 권에서 한 권 빠지는 책을 썼던 천재 사상가였으나, 그의 사회·정치사상이 자리 잡은 것은 이상화된 고대 봉건국가였다. 무너져가는 농촌 문제를 체제 위기로 느끼고 강력한 개혁으로 봉건 체제를 지켜 내고자 했다.

테두리

한계.

● **외로워야 한다** 　농민들 애옥살이를 애와텨하는 목 타는 안타까움으로 5백 권에서 한 권 빠지는 책을 썼던 천재 사상가였으나, 그의 사회·정치사상이 터 잡고 있는 것은 이상화된 고대 봉건국가였다. 무너져가는 농촌 문제를 체제 위기로 느끼고 강력한 개혁으로 봉건체제를 지켜 내고자 했던 것이다. 농민 현실에 대해서는 이해가 깊었으나 농민혁명에 대해서는 부정적이었던 것이니, 그 시대 먹물의 테두리였다.

농민들의 찢어지게 가난한 살림을 창자가 끊어지게 슬퍼하는 목이 타는 안타까움으로 5백 권에서 한 권 빠지는 책을 썼던 천재 사상가였으나, 그의 사회·정치사상이 자리 잡은 것은 이상화된 고대 봉건국가였다. 무너져가는 농촌 문제를 체제 위기로 느끼고 강력한 개혁으로 봉건 체제를 지켜 내고자 했다. 농민 현실에 대해서는 이해가 깊었으나 농민혁명에 대해서는 부정적이었던 것이니, 그 시대 지식인의 한계였다.

고스락

위기.

● **외로워야 한다** "나는 사도세자의 아들이다." 공포를 먹지 않을 수 없는 노론 벽파였다. 그때부터 고스락을 느낀 벽파들이 갖은 꾀를 다 써 쳐들어오는 것에 시달리는 정조였으니, '공포의 윌총' 금대錦帶 이가환에게 벼슬을 주려고 했을 때 심환지(1730~1802)가 올린 상소 줄거리이다.
"이가환은 이잠의 종손으로서 그가 비록 문학을 잘한다는 이름을 들어도 그 허물을 가릴 수는 없습니다."

"나는 사도세자의 아들이다." 공포를 먹지 않을 수 없는 노론 벽파였다. 그때부터 위기를 느낀 벽파들이 갖은 꾀를 다 써 쳐들어오는 것에 시달리는 정조였으니, '공포의 윌총' 금대錦帶 이가환에게 벼슬을 주려고 했을 때 심환지(1730~1802)가 올린 상소 줄거리이다.
"이가환은 이잠의 종손으로서 그가 비록 문학을 잘한다는 이름을 들어도 그 허물을 가릴 수는 없습니다."

민머리

벼슬하지 못한 사람. 벼슬을 못하여 탕건을 쓰지 못한 머리라는 뜻.

● **외로워야 한다** 이잠李潛은 실학의 큰 선비였던 이익李瀷 언니인데, 숙종 때 한날 민머리 선비로 '노론이 세자경종를 괴롭힌다'는 상소를 올렸던 사람이다. 일의 앞뒤가 이러하니, 심환지가 내세우는 바는 곧 노론에게 밀려 죽임당한 사람 자손에게 벼슬을 주어서는 안 된다는 것이었다.

이잠李潛은 실학의 큰 선비였던 이익李瀷 형님인데, 숙종 때 한날 벼슬하지 못한 선비로 '노론이 세자경종를 괴롭힌다'는 상소를 올렸던 사람이다. 일의 앞뒤가 이러하니, 심환지가 내세우는 바는 곧 노론에게 밀려 죽임당한 사람 자손에게 벼슬을 주어서는 안 된다는 것이었다.

쇠울짱

철조망. 쇠벽.

● **외로워야 한다** 이에 놀란 정조가 쳤던 쇠울짱이 국왕 경호실이었던 장용위壯勇衛를 하나의 독립된 바오달인 장용영壯勇營으로 바꾸는 것이었다. 그런 다음 아버지 산소를 화성華城 가까운 곳으로 옮기고 화성에 신도시 건설을 마친 것은 그 3년 뒤였다.

이에 놀란 정조가 쳤던 철조망이 국왕 경호실이었던 장용위壯勇衛를 하나의 독립된 병영인 장용영壯勇營으로 바꾸는 것이었다. 그런 다음 아버지 산소를 화성華城 가까운 곳으로 옮기고 화성에 신도시 건설을 마친 것은 그 3년 뒤였다.

쉼터

충청도 말이 잦바듬히비스듬히 눕혀 길게 늘여 빼게 된 까닭

김성동

"승뒹아!"

어머니가 부르는 소리였다. 어머니만이 아니라 옛살라비고향 켠 사람들은 나를 꼭 성동이 아니라 승뒹이라고 불렀다. 할아버지가 쓰던 새쭉경긴 동그라미 꼴 안경처럼 얇고 갈쭉한 조약돌 쥐고 물수제비 뜰 때처럼 엷댕이로 잦바듬히 눕혀 부르는 충청도 말이다. 노동자·농민을 '뇌동자·뇡민'이라 하고 경찰서를 '깅찰서'라고 하는 식으로 말이다. 포은 정몽주를 '증푀은 증뮝주', 정다산을 '증다산', 박헌영을 '박흔옝이', 김일성을 '긔밀쉥이', 이명박을 '이밍박'이라고 하는 것인데— 여기에는 까닭이 있다고 본다.

"그으을세에에유우우우우…… 그러어언거어엇두우우 가아앗구우우우우 아니이이인 거엇두우우 가아앗구우우우우…… 자아아알 물르으으 거어엇네에에유우우우우……."

어떤 사달사건에 검찰 켠 증인으로 나온 충청도 사람이 한 말이란다. 검찰 조사 때 했던 증언과 팔팔결로엄청나게 어긋나게 알쏭달쏭 길둥그렇게기름하고 둥글게 늘여 빼는 바람에 충청도 사람은 증인으로 쓰지 않는다는 우스갯말이 나오게 된 보기이다. 이처럼 옆으로 쓰러뜨려 오뉴월 엿가락 늘어지듯 늘여 빼게 된 데는 까닭이 있을 것이라고 보니, 역사이다. 저 삼국시대로까지 줄밑 건어출처를 더듬어 찾아 가야만 된다. 하루는 백제 땅이 되었다가 하루는 또 신라 땅이 되는 판이었으므로,

섣부르게 어느 켠 편을 들 수 없는 일됨새형세였다. 그래서 생각해 낸 꾀가 될 수 있는 대로 천천히 그 속마음을 드러내자는 것이었다. 그러다 보니 무슨 이름씨 또한 잣바듬하게 쓰러뜨려 말하게 되었던 것이다. “아부우지이이이 도오올구울러어 가아아유우우우우…….” 이 중생이 유소년 시절이었던 저 오륙십 년대만 하더라도 명 짧은 사람 숨 떨어질 만큼 느리고 또 느려 터졌던 것이다. 요즈막에 충청도를 가 보면 이른바 현대적으로 평준화되어 그런지 서울 사람들 말투와 크게 다르지 않아, 충청도의 참모습을 믿지 못하게 한다. 한마디로 충청도 사람들 말투가 느려진 것은, 어느 켠에서 판막음마지막 판을 끝내는 것을 하게 될지 모르므로 판가름을 미루어 둘 수밖에 없었던 풀잎사람서민들 슬픈 살꾀였다. ‘육니오 새변육이오 사변’ 때도 그러하였으니 인공기 꽂은 인민군 병정들이 들어오면 “인미이인괴에엥하아구우욱만서이이!”를 부르고, 태극기 꽂은 국방군 병정들이 들어오면 “대하아안믜이인구우욱만서이이”하고 두 팔 높이 치켜 올렸던 충청도 사람들이었다. 충청도에서도 내포 칠읍서산, 당진, 예산, 홍성, 보령, 청양, 서천 사람들이 더구나 그러하였으니, 내포야말로 가장 충청도의 참모습을 지닌 곳이었던 것이다.

“스으응되에엥아아!”

어머니 목소리가 조금 높아졌고, 가만히 점 있어 보라니께!

부모님께서 찾으실 적에는 밥을 먹고 있을 적이라도 입에 든 밥을 뱉아 내고 곧장 달음박질쳐 가야만 한다는 식재구즉토지食在口則吐之를 몰라서는 아니었지만, 그럴 수가 없는 것이었다. 그때에 이 중생은 하도 쓰고 또 덧써서 벼룻돌처럼 새까매진 헌 신문지 쪼가리에 놀 유遊 자를 쓰고 있었는데, 책받침 변 아랫도리로 넘어가던 참이었던 것이다. 종이가 매우 귀해서 흑판이 되어버린 신문지 쪼가리에 글씨를 쓰며 ‘돌다리와 독을 종이 삼아 글씨를 익혔다’는 한석봉 이야기를 떠올리느라, 아랫도리 삐침이 흔들렸다. 그때 내가 쓸 수 있던 글자는 천 자가 넘었는데도 어찌 꼭 '놀 유遊' 자를 썼던가는 굳이 '발잡이각주'를 달지 않겠다. 비록 글씨를 쓰고 있는 중이라고 할지라도 "예에!"하고 힘차게 대꾸할 수는 있었지만, 문기서심文氣書心이었던 것이다. 붓 끝에 오로지하고 있던 그 한마음을 흩뜨려서는 안 되는 것이었다. 기를 끌어올려 쓰는 것이 글이고, 마음을 가라 앉혀서 쓰는 것이 글씨인 것이다.

"승뒹아아! 승뒹이 읎서어!?"

어머니 목소리가 다시 지게문외짝문을 넘어왔고, 파임책받침 변을 쓸 때 辶을 마친 나는 연순벼루 앞면의 빙 돌려 솟은 곳에 붓을 기대어 놓았다. 그런 다음 "예에!" 하고 뒤늦게 대답하다 말고 코를 찡긋거리었으니, 이잉? 밥이 익을 때 나는 그 야릇하게 구수한 내음이 풍겨 왔던 것이다. 오늘은 새꼽빠지게새삼스럽게 즘심을 다 허넌 모냥이니, 벨꼴일세! 아침은 장늘 늦게 먹었고 저녁은 일찍 먹었다. 점심이라는 것을 먹어본 적이 거의 없었으며, 다다아무쪼록 일찌감치 저녁을 먹고는 생으로 코그루를 박는잠을 자는 것이었다. 잠이 들면 꿈을 꿨고 꿈속에서 그 어린 것은 옥 같은 흰 쌀밥을 먹었던 것이다. 반찬은 그리고 언젠가 먹어본 적이 있던 기름이 둥둥 뜨는 고깃국에 노릇노릇 구운 굴비였다. 아침을 늦게 먹는 것도 저녁밥 먹을 때까지 그 무섭게 징글징글하던 긴 사이를 줄여 보자는 것이었으니, 똥구녁이 찢어지는 찰가난지독한 가난 속에 목숨줄 이어 나가던 애옥살이 풀잎사람들이 비벼 볼 수 있는 슬픈 언덕이었다.

"워째서 그렇게 대꾸가 읎다? 응구첩대물음에 대한 대답가 읎서어."

부지깽이를 놓은 어머니는 마른 행주를 잡더니 함치르르한윤이 나는 중백이 흑철솥 전더구니가장자리로 흘러넘치던 밥물을 훔치었다.

"벨꼴 다 보것네."

코를 벌름거리는데 어머니가 깨꽃처럼 얄브스레 눈을 흘기었다.
“뭐이가 빌꼴이라넌 겨어?”
“새꼽빠지게 즘심밥을 다 허니께 말여.”
솥뚜껑을 얼른 한번 열었다 닫은 어머니는 살강선반에서 소반을 내려놓으시었다.
“손이 오셨잖남?”
“소오온? 워떤 소온?”
“싸게싸게 사랑이 가 봐. 아까버텀 할아부지가 찾으셨다니께.”
“워떤 손이냐니께에?”
“아 싸게 가 보먼 알 거 아녀. 연락부절루 오넌 군식구덜인듸, 일일이 워치케 안다구그려, 그러길.”

- 김성동 산문집 『외로워야 한다』, 2014

들틀

거중기擧重機.

● **외로워야 한다** 이때 들틀 같은 쇠물레를 만들어 신도시 건설을 다그쳤던 정약용이었다. 쿠테타가 물건너 간 것을 안 벽파 도꼭지 심환지가 손아랫사람인 권유權裕를 시켜 장용영을 세운 것과 화성 건설을 꼬집어 뜯는 상소를 올리게 하였으니, 평지수를 써 보기로 마음먹었던 것이다.

이때 거중기 같은 기계를 만들어 신도시 건설을 다그쳤던 정약용이었다. 쿠테타가 어렵다는 것을 안 벽파 우두머리 심환지가 손아랫사람인 권유權裕를 시켜 장용영을 세운 것과 화성 건설을 꼬집어 뜯는 상소를 올리게 하였으니, 모해를 써 보기로 마음먹은 것이다.

소급수

독살

● **외로워야 한다** 조선왕조가 뒷녘으로 접어들면서 소급수로 죽었다는 말을 듣는 왕들이 많았으니-
효종은 41세, 현종은 34세, 장희빈 아들 경종은 4년 동안 용상에 앉았다가 갑자기 죽은 것이 37세 때였다.

조선왕조가 후기로 접어들면서 독살로 죽었다는 말을 듣는 왕들이 많았으니-
효종은 41세, 현종은 34세, 장희빈 아들 경종은 4년 동안 용상에 앉았다가 갑자기 죽은 것이 37세 때였다.

본메본짱

증거. 증거물.

● **외로워야 한다** 요즈막 정조와 심환지가 주고받았던 편지들인 「정조어찰첩正祖御札帖」을 찾아내서 정조독살설에 왼고개치는 사학자들이 있는데, 죽어도 그렇지 않다고 하는 사람이 있다. 초야 사학자 이덕일이 그 사람으로, 여러 가지 본메본짱 가운데 심환지 졸기를 든다.

요즈막 정조와 심환지가 주고받았던 편지들인 「정조어찰첩正祖御札帖」을 찾아내서 정조독살설을 부정하는 사학자들이 있는데, 죽어도 그렇지 않다고 하는 사람이 있다. 초야 사학자 이덕일이 그 사람으로, 여러 가지 증거물 가운데 심환지 삶 자취를 적은 기록을 든다.

잔디찰방

무덤 잔디를 지킨다는 뜻으로 죽어서 땅에 묻힘을 이르는 말.

● **외로워야 한다** 하늘이 낸 재주였던 이가환은 잔디찰방이 되었고, 이가환이 신발을 벗어 들고 쫓아가도 거리를 좁힐 수 없었던 정약용은 살았다. 살아남아 5백 권에서 한 권 모자라는 책을 쓴 대사상가가 되었다. 역사에서 마기말은 하나객담에 지나지 않는 것이지만, 정조가 하늘이 준 목숨을 살아 내어 신유사옥도, 그리고 서북농민항쟁인 홍경래란도 일어나지 않았다면, 이가환과 정약용 살매는 어떻게 되었을까?

하늘이 낸 재주였던 이가환은 죽어 땅에 묻혔고, 이가환이 신발을 벗어들고 쫓아가도 거리를 좁힐 수 없었던 정약용은 살았다. 살아남아 5백 권에서 한 권 모자라는 책을 쓴 대사상가가 되었다. 역사에서 참이라고 생각하는 말은 쓸데없는 말에 지나지 않는 것이지만, 정조가 하늘이 준 목숨을 살아 내어 신유사옥도, 그리고 서북농민항쟁인 홍경래란도 일어나지 않았다면, 이가환과 정약용 운명은 어떻게 되었을까?

두동짐

모순됨.

● **외로워야 한다** 삼독번뇌三毒煩惱라고 한다. 탐내고 성내고 어리석기 때문에 세세생생을 두고 화택火宅에서 벗어나지 못하니, 이 세 가지 독 밑뿌리를 뽑아내지 않고서는 깨달음의 넓은 바다로 나아갈 수 없다는 것이다. 불가에서 쓰는 말이다. 중생이 몸을 맡기고 있는 이 세상 밑절미가 두동짐을 말하는 것이다.

삼독번뇌三毒煩惱라고 한다. 탐내고 성내고 어리석기 때문에 세세생생을 두고 불타는 집에서 벗어나지 못하니, 이 세 가지 독 밑뿌리를 뽑아내지 않고서는 깨달음의 넓은 바다로 나아갈 수 없다는 것이다. 불가에서 쓰는 말이다. 중생이 몸을 맡기고 있는 이 세상 밑바탕이 모순됨을 말하는 것이다.

애잡짤한

가슴이 미어지듯 안타까운.

● **외로워야 한다** 우리겨레에게는 예로부터 또 다른 삼독번뇌가 있어 왔다. 한독漢毒·왜독倭毒·양독洋毒이 그것이다. 저 리제麗濟의 애잡짤한 무너짐부터, 만주와 연해주의 활찌고 마안한 벌판을 잃어버린 다음부터, 한족과 왜족과 양족洋族들에게 갈가리 찢겨지고 짓밟혀서 만신창이로 거덜이 나버린 것이 우리 역사이니— 모두 931회나 쳐들어옴과 억누름에 시달렸던 것이다.

우리 겨레에게는 예로부터 또 다른 삼독번뇌가 있어 왔다. 한독漢毒·왜독倭毒·양독洋毒이 그것이다. 저 리제麗濟의 가슴 미어지듯 안타까운 무너짐부터, 만주와 연해주의 시원스럽게 넓고 아득한 벌판을 잃어버린 다음부터, 한족과 왜족과 양족洋族들에게 갈가리 찢겨지고 짓밟혀서 만신창이로 거덜이 나버린 것이 우리 역사이니— 모두 931회나 쳐들어옴과 억누름에 시달렸던 것이다.

모로미

모름지기.

● **외로워야 한다** 그 가운데서도 첫째로 생채기 나서 피를 흘리게 된 것이 문화일 것이다. 모로미 지나온 자취의 밑바탕이 되는 문화. 대컨 문화의 고갱이를 이루는 것이 말인데, 앞서 말한 삼독으로 말미암아 어느 사이 겨레말이 더럽혀져 잡탕밥 꿀꿀이죽이 되어 버린 오늘이다.

그 가운데서도 첫째로 생채기 나서 피를 흘리게 된 것이 문화일 것이다. 모름지기 지나온 자취의 밑바탕이 되는 문화. 대체로 문화의 고갱이를 이루는 것이 말인데, 앞서 말한 삼독으로 말미암아 어느 사이 겨레말이 더럽혀져 잡탕밥 꿀꿀이죽이 되어 버린 오늘이다.

한님

밝둙겨레 첫 한아비, 하느님이 줄어서 된 말.

● **외로워야 한다**　　한문이라는 것이 본디는 저 한님의 검불 시대에 만들어진 가림토문『한단고기』에 나오는 우리말 뿌리 언어. 한글과 꼭 닮았다.에 그 뿌리를 둔 것이다. 그것을 자기들만의 말과 글로 내세우는 중국은 그만두고, 골칫거리가 되는 것은 언제나 일본이다. 한자·한문이라는 말은 갑오왜란 때 만들어진 것이다.

한문이라는 것이 본디는 저 하느님의 신시神市 시대에 만들어진 가림토문『한단고기』에 나오는 우리말의 뿌리 언어. 한글과 꼭 닮았다.에 그 뿌리를 둔 것이다. 그것을 자기들만의 말과 글로 내세우는 중국은 그만두고, 골칫거리가 되는 것은 언제나 일본이다. 한자·한문이라는 말은 갑오왜란 때 만들어진 것이다.

지어

심지어.

● **외로워야 한다** 국회의원이라는 어떤 이가 이렇게 말하는 것을 들은 적이 있는데, 그 사람만이 아니라 이른바 저명인사, 곧 널리 알려진 사람이며 지어 모국어를 걸머진 사람이라고 할 수 있는 문학인들까지도 점잔을 빼는 자리나 글에서 심심찮게 광영이라고 한다. 본 의원이라고 할 때 본本도 그렇지만 광영光榮은 왜말이고 우리말은 영광榮光이다.

국회의원이라는 어떤 이가 이렇게 말하는 것을 들은 적이 있는데, 그 사람만이 아니라 이른바 저명인사, 곧 널리 알려진 사람이며 심지어 모국어를 걸머진 사람이라고 할 수 있는 문학인들까지도 점잔을 빼는 자리나 글에서 심심찮게 광영이라고 한다. 본 의원이라고 할 때 본本도 그렇지만 광영光榮은 왜말이고 우리말은 영광榮光이다.

투겁하다시피

덮어씌우다시피.

● **외로워야 한다** 일장기가 내려진 지 하마 68년이나 되건만 상기도 그 사람들이 쓰던 말로 투겁하다시피 뒤발을 하고 사는 우리는 정말로 어느 나라 사람이요, 어느 할아버지 자손들인가. 왜식 쓰임말만 해도 하 질기군어 처음부터 정신이 하나도 없는 판인데, 눈 위에 서리치기로 통터져 밀려오는 게 해행문자이니, 대들보가 무너지려는 판에 기둥뿌리마저 흔들리고 있음이다.

일장기가 내려진 지 벌써 68년이나 되건만 아직도 그 사람들이 쓰던 말로 덮어씌우다시피 뒤집어쓰고 사는 우리는 정말로 어느 나라 사람이요, 어느 할아버지 자손들인가. 왜식 쓰임말만 해도 너무 질기고 굳세 처음부터 정신이 하나도 없는 판인데, 눈 위에 서리치기로 한꺼번에 밀려오는 게 옆으로 쓰는 문자인 영어이니, 대들보가 무너지려는 판에 기둥뿌리마저 흔들리고 있음이다.

바히

'바이' 옛말. 아주 전혀.

● **외로워야 한다** 　'바투'를 밀어 낸 자리에 차고 들어앉은 것이 '가까이'이다. 같은 뜻이라고 하더라도 문학작품에서 어떤 일됨새를 말할 때 바투와 가까이는 바히 다르다. 그야말로 십만 팔천 리이니, 바투가 사람 냄새 나는 문학적 쓰임말이라면, 가까이는 그저 아무런 느낌도 들어 있지 않는 월점에 지나지 않는 것이다.

'바투'를 밀어낸 자리에 차고 들어앉은 것이 '가까이'이다. 같은 뜻이라고 하더라도 문학작품에서 어떤 사정을 말할 때 바투와 가까이는 전혀 다르다. 그야말로 십만 팔천 리이니, 바투가 사람 냄새 나는 문학적 쓰임말이라면, 가까이는 그저 아무런 느낌도 들어 있지 않는 문장부호에 지나지 않는 것이다.

대두리

큰 다툼이나 시비.

● **외로워야 한다** 계집종 둘이 말다툼을 하다가 드디어는 서로 머리끄덩이를 휘어잡아 치고 꼬집으며 한바탕 대두리판을 치루더니, 그중 하나가 책을 읽고 있는 황희(1363~1452) 정승 방으로 뛰어들어 왔다.
"대감마님, 시월이 년이 글쎄 어쩌고저쩌고해서 제가 좀 야단쳤어요."
"오냐, 오냐, 네 말이 맞다. 저 애가 잘못했구나."

계집종 둘이 말다툼을 하다가 드디어는 서로 머리끄덩이를 휘어잡아 치고 꼬집으며 한바탕 큰 싸움판을 치르더니, 그중 하나가 책을 읽고 있는 황희(1363~1452) 정승 방으로 뛰어들어왔다.
"대감마님, 시월이 년이 글쎄 어쩌고저쩌고해서 제가 좀 야단쳤어요."
"오냐, 오냐, 네 말이 맞다. 저 애가 잘못했구나."

어씁한

통이 크고 작은 일에 거리끼지 않는.

● **외로워야 한다** 함경도 쪽 여진족을 쳐부수어 육진六鎭을 일구고 돌아와 형·공조 판서가 된 김종서(1390~1453)는 눈에 보이는 것이 없을 만큼 도도한 데가 있었다. 좋게 보면 어씁한 것이고 꼬집자면 건방진 것이었다. 하루는 영의정으로 있는 황희 앞에서 교의交倚라고 부르는 걸상에 앉아 있는데, 몸맨두리가 비뚤어져서 보기에 딱할 만큼이었다.

함경도 쪽 여진족을 쳐부수어 육진六鎭을 일구고 돌아와 형·공조 판서가 된 김종서(1390~1453)는 눈에 보이는 것이 없을 만큼 도도한 데가 있었다. 좋게 보면 통이 큰 것이고 꼬집자면 건방진 것이었다. 하루는 영의정으로 있는 황희 앞에서 교의交倚라고 부르는 걸상에 앉아 있는데, 몸모양이 비뚤어져서 보기에 딱할 만큼이었다.

비사치다

똑바로 말하지 않고 돌려 말해 은근히 깨우치다.

● **외로워야 한다** 김종서가 다른 사람들한테 한 말이다. "북방에서 여진을 정벌할 때 적장이 쏜 살이 날아와 눈앞 책상에 꽂혔을 적에도 눈 하나 깜짝하지 않은 내다. 그런데 황 정승이 비사쳐 꾸짖는 말씀을 들었을 제는 등에서 식은땀이 흐르더라."

 김종서가 다른 사람들한테 한 말이다. "북방에서 여진을 정벌할 때 적장이 쏜 살이 날아와 눈앞 책상에 꽂혔을 적에도 눈 하나 깜짝하지 않은 내다. 그런데 황 정승이 은근히 돌려 꾸짖는 말씀을 들었을 때는 등에서 식은땀이 흐르더라."

대꾼해지다

기운이 지쳐 눈이 쑥 들어가고 정신이 흐려지다.

● **외로워야 한다** 황희 정승은 세상을 떠나는 날까지도 손에서 책을 놓는 일이 없었다고 한다. 여느 때에도 눈을 번갈아 떠서 눈심을 길렀다고 한다. 한 눈을 감고 한 눈으로만 보다가 그 눈이 대꾼해지면 다른 눈으로 보는 것이었다.

황희 정승은 세상을 떠나는 날까지도 손에서 책을 놓는 일이 없었다고 한다. 여느 때에도 눈을 번갈아 떠서 눈힘을 길렀다고 한다. 한 눈을 감고 한 눈으로만 보다가 그 눈이 힘들어 쑥 들어가면 다른 눈으로 보는 것이었다.

두름성

주변을 부려서 이리저리 변통하여 가는 재주. 주변성.

● **외로워야 한다**　　그렇다고 해서 두름성 없이 딱딱하기만 한 책상물림은 아니었으니-
한번은 조정 공론이 기생을 모두 없애자고 하였다. 정승 판서들 사이에 이미 뜻을 모은 것이므로 황희도 틀림없이 좋다고 할 줄 알았다. 그런데 황희는 도머리를 치는 것이었다.

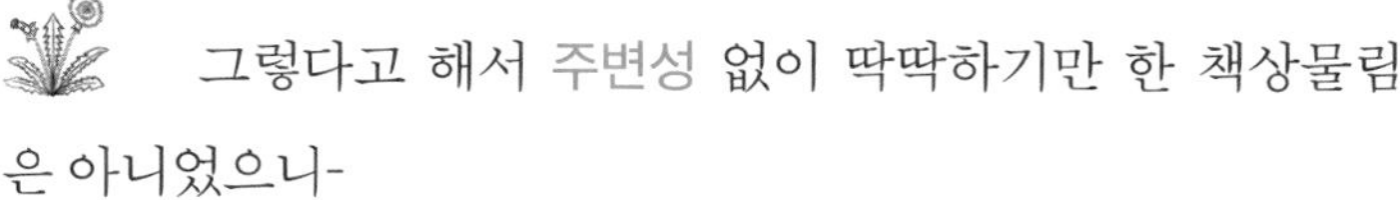

그렇다고 해서 주변성 없이 딱딱하기만 한 책상물림은 아니었으니-
한번은 조정 공론이 기생을 모두 없애자고 하였다. 정승 판서들 사이에 이미 뜻을 모은 것이므로 황희도 틀림없이 좋다고 할 줄 알았다. 그런데 황희는 머리를 흔드는 것이었다.

303

벌[뻘]때추니

제멋대로 짤짤거리며 요리조리 싸다니는 여자아이. 말괄량이.

● **외로워야 한다** 효종이 북벌을 꿈꾸며 만주 호말胡馬을 끌어다 강화도에서 기를 때, 대국을 무찔러 삼전도의 부끄러움을 씻겠다며 붙인 이름이 벌대총伐大驄이었던 것이다. 큰 키에 네 다리가 쭉 빠진 북방마가 강화 섬 갈대밭을 마음껏 뛰어다닐 때 힘차게 나부끼는 갈기와, 멋대로 쏘다니기를 좋아하는 큰애기들 출렁이는 댕기머리가 닮아서 그랬던 것일까? 그 벌대총을 부르는 이름이 바뀌어 벌때추니가 되었던 것이다.

효종이 북벌을 꿈꾸며 만주 호말胡馬을 끌어다 강화도에서 기를 때, 대국을 무찔러 삼전도의 부끄러움을 씻겠다며 붙인 이름이 벌대총伐大驄이었던 것이다. 큰 키에 네 다리가 쭉 빠진 북방마가 강화 섬 갈대밭을 마음껏 뛰어다닐 때 힘차게 나부끼는 갈기와, 멋대로 쏘다니기를 좋아하는 큰애기들 출렁이는 댕기머리가 닮아서 그랬던 것일까? 그 벌대총을 부르는 이름이 바뀌어 말괄량이가 되었던 것이다.

이지가지

수효가 많은 종류.

● **외로워야 한다** 시방은 어떤지 모르지만 1백 가지도 넘는 이지가지 종이가 있었고, 스무 가지가 넘는 붓 가운데 쥐 수염으로 맨 서수필鼠鬚筆을 가장 높게 쳤으며, 쌀 한 가마 값을 줘야만 손에 쥘 수 있는 먹도 있었다고 한다. 책 읽는 사람들이 반드시 갖춰야만 하였던 종이와 붓과 먹, 그리고 이부자리와 책이며 잔자부레한 살림살이를 얹어 두던 시렁이 사라져 버린 것이야 그렇다고 하더라도, 원고지까지 사라져 버렸다.

시방은 어떤지 모르지만 1백 가지도 넘는 여러 종류의 종이가 있었고, 스무 가지가 넘는 붓 가운데 쥐 수염으로 맨 서수필鼠鬚筆을 가장 높게 쳤으며, 쌀 한 가마 값을 줘야만 손에 쥘 수 있는 먹도 있었다고 한다. 책 읽는 사람들이 반드시 갖춰야만 하였던 종이와 붓과 먹, 그리고 이부자리와 책이며 자질구레한 살림살이를 얹어 두던 시렁이 사라져 버린 것이야 그렇다고 하더라도, 원고지까지 사라져 버렸다.

이드거니

시간이 좀 오래면서 분량이 넉넉하게. 충분히.

● **외로워야 한다** 이른바 컴본주의 시대가 되면서 이드거니 짐작하고 있던 일이었지만, 이렇게까지 빨리 올 줄은 몰랐다. 그야말로 눈 깜박할 새에 왔다. 농본주의가 '컴본주의'로 바뀌는 데는 참으로 오랜 세월이 걸렸지만, 컴본주의 시대로 접어들면서는 모든 것이 빛 빠르기로 바뀌고 있다.

이른바 컴퓨터 중심주의 시대가 되면서 충분히 짐작하고 있던 일이었지만, 이렇게까지 빨리 올 줄은 몰랐다. 그야말로 눈 깜박할 새에 왔다. 농본주의가 '컴본주의'로 바뀌는 데는 참으로 오랜 세월이 걸렸지만, 컴본주의 시대로 접어들면서는 모든 것이 빛 빠르기로 바뀌고 있다.

몬

물건.

● **외로워야 한다** 이럴 때 붓은 사람들 뜻에 따라 만들어진 몬이 아니라 제 뜻 따라 움직여 나가는 숨탄것이 되니, 옛사람들은 이렇게 말하였다.

"독서파만권讀書破萬卷하니, 하필여유신下筆如有神이로다."

만 권 서책을 읽고 나니 붓에 검님이 올랐다는 말이다. 찍어 말하면 무당이 되었다는 것이다. 소설가는 무당이다. 천지신명과 한 몸이 되지 않고는 소설을 쓰지 못한다.

이럴 때 붓은 사람들 뜻에 따라 만들어진 물건이 아니라 제 뜻 따라 움직여 나가는 생물이 되니, 옛사람들은 이렇게 말하였다.

"독서파만권讀書破萬卷하니, 하필여유신下筆如有神이로다."

만 권 서책을 읽고 나니 붓에 신명이 올랐다는 말이다. 찍어 말하면 무당이 되었다는 것이다. 소설가는 무당이다. 천지신명과 한 몸이 되지 않고는 소설을 쓰지 못한다.

장내기

장에 내다 팔려고 만든 물건. 기성품.

● **외로워야 한다** 익혀진 솜씨로 어떻게 소설이랍시고 만들어 볼 수야 있지만, 죽은 글이다. 넋 빠진 삼류 무당이 입에 발린 소리로 지껄여 대는 장내기 공수자락에 지나지 않는다 이런 말이다. 그래서 소설이 어렵다.

익혀진 솜씨로 어떻게 소설이랍시고 만들어 볼 수야 있지만, 죽은 글이다. 넋 빠진 삼류 무당이 입에 발린 소리로 지껄여대는 대충 만든 넋두리에 지나지 않는다 이런 말이다. 그래서 소설이 어렵다.

낯닦음

체면치레.

● 외로워야 한다　　“오머? 오머머! 세상에…….” 낯닦음으로나마 놀란 부르짖음 비스무레한 소리를 터뜨려 대는 것은 얼추 보살짜리들이고, 여느 처사짜리들은 알쏭달쏭한 헛기침을 하는데, 스스로 믿는 마음이 짱짱하여 보이는 이른바 교수급 먹물들은 시나브로 턱 끝이나 주억이며 눈만 껌벅거린다.

　“오머? 오머머! 세상에…….” 체면치레로나마 놀란 부르짖음 비슷한 소리를 터뜨려 대는 것은 얼추 보살짜리들이고, 여느 처사짜리들은 알쏭달쏭한 헛기침을 하는데, 스스로 믿는 마음이 짱짱하여 보이는 이른바 교수급 먹물들은 시나브로 턱 끝이나 끄덕이며 눈만 껌벅거린다.

말말끝

이런 말 저런 말을 하던 끝. 이런저런 이야기 끝.

● **외로워야 한다** 말말끝에 어렸을 적 이야기가 나오거나, 이 세상에 저만한 먹물은 없다는 듯 흰목 잦히는 구이지학口耳之學 무리들 아니꼬움을 눌러 버려야겠다는 생각이 들 때면 살그미 꺼내어 놓는 것이니, 『명심보감』이다. 이 많이 모자라는 중생이 다섯 살 때 붓으로 베껴 쓴 것이다.

이런저런 이야기 끝에 어렸을 적 이야기가 나오거나, 이 세상에 저만한 먹물은 없다는 듯 으스대는 주워들은 게 조금 있는 무리들 아니꼬움을 눌러 버려야겠다는 생각이 들 때면 살그머니 꺼내어 놓는 것이니, 『명심보감』이다. 이 많이 모자라는 중생이 다섯 살 때 붓으로 베껴 쓴 것이다.

이윽한

느낌이 은근한. 뜻이나 생각이 깊은.

● **외로워야 한다** “종아리 맞은 연유를 알것느냐.”
장죽에 불을 댕기신 다음 할아버지가 저문 가람물처럼 이윽한 눈빛으로 바라보시었고, 이 중생은 후딱 눈물 섞인 콧물을 들이마시었다.
“물르것넌듀.”

 “종아리 맞은 까닭을 알겠느냐.”
장죽에 불을 댕기신 다음 할아버지가 저문 강물처럼 은근한 눈빛으로 바라보시었고, 이 중생은 후딱 눈물 섞인 콧물을 들이마시었다.
“모르겠는데요.”

책씻이

글방 따위에서 학생이 책 한 권을 떼거나 베끼는 일이 끝난 뒤에 훈장과 동료에게 한턱내던 일. 책거리. 책례冊禮.

● **외로워야 한다** 『천자문』 책씻이를 하고 나서 『통감』거쳐 『명심보감』을 읽을 때였다. 다섯 살 적이었으니, 62년 전인 1951년이었다. 찔레꽃머리였다. 달소수 만에 『천자문』을 떼고 나서 『통감』또한 얼음에 박 밀듯 읽어 나가는 것을 보고 갸륵하게 여긴 할아버지는 곧장 『보감』을 가르쳐 주며 소매를 걷어붙이고 붓글씨를 쓰게 하시는 것이었다.

『천자문』 책거리를 하고 나서 『통감』거쳐 『명심보감』을 읽을 때였다. 다섯 살 적이었으니, 62년 전인 1951년이었다. 찔레꽃이 필 무렵이었다. 한 달여 만에 『천자문』을 떼고 나서 『통감』또한 아주 능숙하게 읽어 나가는 것을 보고 갸륵하게 여긴 할아버지는 곧장 『보감』을 가르쳐 주며 소매를 걷어붙이고 붓글씨를 쓰게 하시는 것이었다.

땅보탬

사람이 죽어서 땅에 묻힘을 일컬음.

● **외로워야 한다** 봉황새는 봉황새를 낳고 용은 용을 낳게 마련이며, 범 같은 아비한테서 가히 같은 자식이 태어날 갈피 없다는 그 말씀이야 물론 원통하고 절통하게 땅보탬 시킨 자식을 그리는 애잡짤한 마음이 녹아든 것이겠지만, 도둑처럼 8·15를 맞고 벼락처럼 6·25가 터지면서 생때같은 장차 두 자식을 생으로 잃은 그 늙은 유생은 그렇게 허희탄식을 하며 빛바랜 창호지로 좀책을 매어 주시던 것이었다.

봉황새는 봉황새를 낳고 용은 용을 낳게 마련이며, 범 같은 아비한테서 개 같은 자식이 태어날 이치 없다는 그 말씀이야 물론 원통하고 절통하게 땅에 묻힌 자식을 그리는 가슴이 미어지듯 안타까운 마음이 녹아든 것이겠지만, 도둑처럼 8·15를 맞고 벼락처럼 6·25가 터지면서 튼튼하던 첫째와 둘째 자식을 생으로 잃은 그 늙은 유생은 그렇게 한숨과 함께 탄식하며 빛바랜 창호지로 소책자를 매어 주시던 것이었다.

게염

부러워하고 시새워서 탐내는 마음.

● **외로워야 한다** "당심무필當心無筆이니라."
붓을 잡았을 때는 마음을 비우고 무심히 쓰라는 것이었다. 또한 붓 잡았을 때처럼 무심하게 살라고 하시었다. 욕심을 부리지 말라는 것이다. 게염 말이다.

"당심무필當心無筆이니라."
붓을 잡았을 때는 마음을 비우고 무심히 쓰라는 것이었다. 또한 붓 잡았을 때처럼 무심하게 살라고 하시었다. 욕심을 부리지 말라는 것이다. 탐내는 마음 말이다.

흐리마리하다

뚜렷하지 않다. 분명하지 않고 흐지부지하다.

● **외로워야 한다** 그러나 들뜨고 가벼운 무리들이 흐리마리하다는 까닭으로 오히려 조광조를 꾸짖어 내쫓으려 하니, 그는 일이 잘못될 것을 스스로 알고 임금에게 나아가 "신은 학문이 모자라는데 벼슬이 지나치게 높아 감당할 수 없습니다. 바라옵건대 한벽한 고을을 다스리게 보내 주시면 학문을 더욱 닦아서 다시 조정에 나오겠습니다만……."

그러나 들뜨고 가벼운 무리들이 분명하지 않다는 까닭으로 오히려 조광조를 꾸짖어 내쫓으려 하니, 그는 일이 잘못될 것을 스스로 알고 임금에게 나아가 "신은 학문이 모자라는데 벼슬이 지나치게 높아 감당할 수 없습니다. 바라옵건대 한가하고 궁벽한 고을을 다스리게 보내 주시면 학문을 더욱 닦아서 다시 조정에 나오겠습니다만……."

뚱겨주다

눈치챌 수 있을 만큼 하다.

● **외로워야 한다** 이른바 주초위왕走肖爲王 사건이었다. 주초走肖는 곧 조趙가 되니, 조광조가 왕이 되려고 한다는 것을 뚱겨주어, 조광조 한동아리를 쓸어버리려는 올가미질이었던 것이다. 조광조 한동아리를 쓸어버려 잃어버린 권력을 되찾으려는 훈구파들은 땅불쑥한 꾀를 쓰기도 하였으니, 급진 개혁에 싫증과 부담을 느끼는 임금을 부추겨 조광조 한동아리를 잡아들이라는 명령을 받아 내자는 것이었다.

이른바 주초위왕走肖爲王 사건이었다. 주초走肖는 곧 조趙가 되니, 조광조가 왕이 되려고 한다는 것을 눈치채게 하여, 조광조 일파를 쓸어버리려는 음모였던 것이다. 조광조 일파를 쓸어버려 잃어버린 권력을 되찾으려는 훈구파들은 특별한 꾀를 쓰기도 하였으니, 급진 개혁에 싫증과 부담을 느끼는 임금을 부추겨 조광조 일파를 잡아들이라는 명령을 받아 내자는 것이었다.

이끗

이익이 되는 실마리.

● **외로워야 한다** 조광조가 눈물로 먹물 삼고 웃옷자락으로 종이 삼아 써 올린 상소이다.
"신의 나이 서른여덟에 이르기까지, 선비로서 이 세상에 살면서 믿은 것은 오로지 임금님의 마음뿐이었나이다. 나라의 병폐가 모두 사사로운 이끗을 좇으려는 데 있다고 보아, 끊어지려는 국맥을 새롭게 하려는 것이었을 뿐, 다른 뜻은 털끝만큼도 없었나이다."

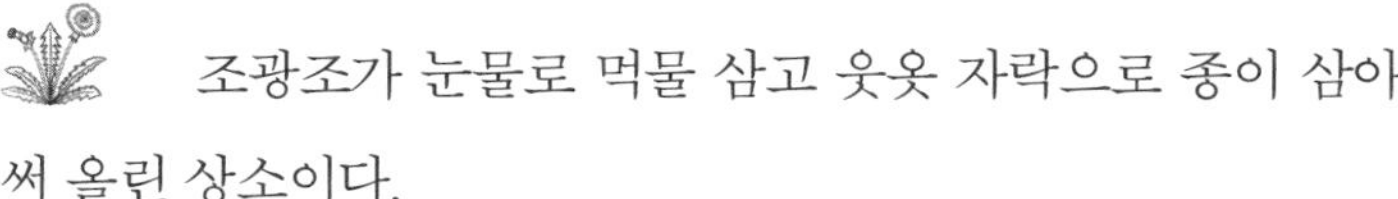

조광조가 눈물로 먹물 삼고 웃옷 자락으로 종이 삼아 써 올린 상소이다.
"신의 나이 서른여덟에 이르기까지, 선비로서 이 세상에 살면서 믿은 것은 오로지 임금님의 마음뿐이었나이다. 나라의 병폐가 모두 사사로운 이익이 되는 실마리를 좇는 데 있다고 보아, 끊어지려는 나라의 맥을 새롭게 하려는 것이었을 뿐, 다른 뜻은 털끝만큼도 없었나이다."

비대발괄

억울한 사정을 하소연하면서 간절하게 청해 빎.

● **외로워야 한다** 아깝다! 공은 어질고 밝은 바탕과 나라 다스릴 재주를 가졌음에도 학문이 이루어지기에 앞서 정계에 나아가, 위로는 임금의 잘못을 고쳐 주지 못하고, 아래로는 낡은 세력의 헐뜯음을 막지 못하였으니, 비록 임금에게 비대발괄하기는 하였으나 그를 헐뜯는 입이 한번 열리매 마침내 몸을 죽이고 나라를 어지럽게 하였으며 뒷세상 사람들에게 그의 자취가 살펴야 할 잣대가 되었다.

아깝다! 공은 어질고 밝은 바탕과 나라 다스릴 재주를 가졌음에도 학문이 이루어지기에 앞서 정계에 나아가, 위로는 임금의 잘못을 고쳐 주지 못하고, 아래로는 낡은 세력의 헐뜯음을 막지 못하였으니, 비록 임금에게 간절하게 하소연하기는 하였으나 그를 헐뜯는 입이 한번 열리매 마침내 몸을 죽이고 나라를 어지럽게 하였으며 뒷세상 사람들에게 그의 자취가 살펴야 할 잣대가 되었다.

뽓뽓하다

믿음이 굳세어 몸가짐이 반듯하다. 꿋꿋한 마음이 있다.

● **외로워야 한다** 신채호(1880~1936)가 기본Gibbon의 『로마제국홍망사』를 원전으로 읽는데 독공부로 깨친 영어였으므로 발음이 좋지 않았던 모양이다. 사람들이 발음이 틀렸다고 하자 "내용만 알면 되지 발음이 틀린들 무슨 대수리오."하면서 빠르게 읽어 나갔다고 했다는 이야기가 떠오르는데, 함부로 단재 선생의 저 대추씨처럼 뽓뽓하기만 하던 조선 선비정신에 견주려는 것은 아니로되

신채호(1880~1936)가 기본Gibbon의 『로마제국홍망사』를 원전으로 읽는데 독학으로 깨친 영어였으므로 발음이 좋지 않았던 모양이다. 사람들이 발음이 틀렸다고 하자 "내용만 알면 되지 발음이 틀린들 무슨 대수리오."하면서 빠르게 읽어 나갔다고 했다는 이야기가 떠오르는데, 함부로 단재 선생의 저 대추씨처럼 몸가짐이 반듯하기만 하던 조선 선비정신에 견주려는 것은 아니로되

외간것

외세外勢.

● **외로워야 한다** 　푸성귀를 으뜸으로 한 먹을거리와 흙으로 벽을 치고 나무로 기둥을 받쳐 알곡을 털어낸 짚으로 지붕을 씌워 비바람과 눈보라를 막았던 잠자리에서도 알 수 있듯이 신선의 나라였다. 뜻을 하늘에 두었으므로 기름진 음식을 좋아하지 않았다. 육식이 비롯된 것은 삼국통합 다음부터였다. 당 제국의 육식 문화가 들어왔던 것이니 외간것의 힘을 빌려 우격다짐으로 세 나라를 합뜨린 신라가 받게 되는 인과응보였다.

푸성귀를 으뜸으로 한 먹을거리와 흙으로 벽을 치고 나무로 기둥을 받쳐 알곡을 털어낸 짚으로 지붕을 씌워 비바람과 눈보라를 막았던 잠자리에서도 알 수 있듯이 신선의 나라였다. 뜻을 하늘에 두었으므로 기름진 음식을 좋아하지 않았다. 육식이 비롯된 것은 삼국통합 다음부터였다. 당 제국의 육식 문화가 들어왔던 것이니 외세의 힘을 빌려 우격다짐으로 세 나라를 합한 신라가 받게 되는 인과응보였다.

살피

경계.

● **외로워야 한다** 『흠정만주원류고欽定滿洲源流考』라는 책을 보면 이제까지 우리가 알고 있던 그때 모습이 바히 다르게 나오니― 꾀 많은 김춘추金春秋가 당나라 군대를 끌어들여 동족인 백제와 고구리를 없이하고 나라 살피를 대동강 원산 아랫녘으로 오그라뜨렸다고 알았다.

『흠정만주원류고欽定滿洲源流考』라는 책을 보면 이제까지 우리가 알고 있던 그때 모습이 전혀 다르게 나오니― 꾀 많은 김춘추金春秋가 당나라 군대를 끌어들여 동족인 백제와 고구려를 없이하고 나라 경계를 대동강 원산 아랫녘으로 오그라뜨렸다고 알았다.

어르기

성교性交

● **외로워야 한다** 그러나 얼추 가난한 풀잎사람들은 예와 한가지로 채식을 하였으니, 땅 위에서 삶은 다만 신선이 되려는 수련 기간에 지나지 않았다.
풀뿌리 나뭇잎을 먹으며 정신을 맑게 하려 애썼고, 어르기를 하는 것에도 바른 법도와 본보기가 있었으니, 오로지 하늘로 올라가고자 한 슬픈 꿈에서였다.

그러나 얼추 가난한 서민들은 예와 한가지로 채식을 하였으니, 땅 위에서 삶은 다만 신선이 되려는 수련 기간에 지나지 않았다.
풀뿌리 나뭇잎을 먹으며 정신을 맑게 하려 애썼고, 성교를 하는 것에도 바른 법도와 본보기가 있었으니, 오로지 하늘로 올라가고자 한 슬픈 꿈에서였다.

달구리

새벽에 닭이 울 무렵. 닭울이.

● **외로워야 한다** 달구리에 일어나 세수하고 머리 빗고 향불을 사뤄 올린 다음 정화수 한 보시기 받쳐 놓은 장독대 소반 앞에 오체투지五體投地로 엎드려 비나리를 하는 것으로 하루를 비롯하는 게 다 그것이었다. 물 한 바가지를 버리는 데도 법도가 있었다. 갓 시집온 새댁이 설거지를 한 자숫물을 마당에 함부로 버리면 여간 걱정을 듣는 게 아니었다. 뜨거운 물을 함부로 버리면 땅 밑에 사는 벌레들이 다친다는 것이었다.

새벽닭이 울 무렵에 일어나 세수하고 머리 빗고 향불을 살라 올린 다음 정화수 한 사발 받쳐 놓은 장독대 소반 앞에 오체투지五體投地로 엎드려 행복을 비는 말을 하는 것으로 하루를 시작하는 게 다 그것이었다. 물 한 바가지를 버리는 데도 법도가 있었다. 갓 시집온 새댁이 설거지를 한 개숫물을 마당에 함부로 버리면 여간 걱정을 듣는 게 아니었다. 뜨거운 물을 함부로 버리면 땅 밑에 사는 벌레들이 다친다는 것이었다.

버렁

범주.

● **외로워야 한다** 그렇다면 동양정신 또는 동양철학의 고갱이는 무엇인가? 일원론이다. 사람과 자연 또는 나와 남을 둘로 나누어진 것으로 보지 않는 화쟁和諍의 철학이다. 원효철학의 가장 높은 버렁이었던 일심一心이 그것이다. 더불어 함께 살아가면서 서로 입김을 주고 입김을 받으며 깨달음의 바다로 나아가자는 고루살이 정신이 그것으로, 이른바 종교라는 서양 개념이 들어오기 훨씬 앞서부터 있어 왔다.

그렇다면 동양정신 또는 동양철학의 고갱이는 무엇인가? 일원론이다. 사람과 자연 또는 나와 남을 둘로 나누어진 것으로 보지 않는 화쟁和諍의 철학이다. 원효철학의 가장 높은 범주였던 일심一心이 그것이다. 더불어 함께 살아가면서 서로 입김을 주고 입김을 받으며 깨달음의 바다로 나아가자는 고루살이 정신이 그것으로, 이른바 종교라는 서양 개념이 들어오기 훨씬 앞에서부터 있어 왔다.

회두리판

맨 나중 판이나 장면. 끝판. 회판.

● **외로워야 한다** 진흙탕 똥바다 속을 허우적거리며 끝없는 죽살이를 되풀이하고 있는 중생들이 아우성치고 있다. 양의 동서와 이데올로기의 다름을 떠나서 더불어 함께 죽을 수밖에 없는 회두리판까지 이르렀다. 물질 앞에 정신이 무릎 꿇어 버린 데서 오는 인과응보이니, 소비에트가 뜯어 헤쳐지고 동구권 사회주의 나라들 허물어짐이 그것을 똑똑히 나타내 주고 있지 않은가?

진흙탕 똥바다 속을 허우적거리며 끝없는 죽음과 삶을 되풀이하고 있는 중생들이 아우성치고 있다. 양의 동서와 이데올로기의 다름을 떠나서 더불어 함께 죽을 수밖에 없는 끝판까지 이르렀다. 물질 앞에 정신이 무릎 꿇어 버린 데서 오는 인과응보이니, 소비에트가 뜯어 헤쳐지고 동구권 사회주의 나라들 허물어짐이 그것을 똑똑히 나타내 주고 있지 않은가?

두남받다

남다르게 도움이나 사랑을 받다.

● **외로워야 한다** 　'국민'이라는 말이 억척 떠는 데는 까닭이 있다. 그것은 바로 '대왜제국 천황폐하의 충용한 신민들'이었던 친왜파들과 그 발자취를 같이하고 있으니, 8·15를 맞아 납죽 엎드려 숨죽이고 있던 친왜파들이 우남 두남받아 힘을 떨치게 되면서부터 '국민'을 부르짖게 되었던 것이다. 4·19와 5월 광주 그리고 6월 항쟁 때 잠깐 움츠러들었던 친왜파와 그 뒷자손들이었다.

'국민'이라는 말이 억척 떠는 데는 까닭이 있다. 그것은 바로 '대일본제국 천황폐하의 충성스럽고 용맹한 신민들'이었던 친일파들과 그 발자취를 같이하고 있으니, 8·15를 맞아 납죽 엎드려 숨죽이고 있던 친일파들이 우남 이승만의 사랑을 받아 힘을 떨치게 되면서부터 '국민'을 부르짖게 되었던 것이다. 4·19와 5월 광주 그리고 6월 항쟁 때 잠깐 움츠러들었던 친일파와 그 뒷자손들이었다.

한소끔

한 번 끓어오르는 꼴.

● **외로워야 한다** 한소끔 끓기를 기다려 불을 줄였다. 그리고 서둘러 머위 자라는 데까지 갔던 나는, 흡. 긴짐승을 보았을 때처럼 숨을 삼키었다. 머위가 보이지 않는 것이었다. 우편물을 가지고 오던 어제 낮뒤에도 틀림없이 무럭무럭 하던 머위였는데, 참으로 별꼴이었다.

한 번 끓어오르기를 기다려 불을 줄였다. 그리고 서둘러 머위 자라는 데까지 갔던 나는, 흡. 뱀을 보았을 때처럼 숨을 삼키었다. 머위가 보이지 않는 것이었다. 우편물을 가지고 오던 어제 하오에도 틀림없이 무럭무럭 하던 머위였는데, 참으로 별꼴이었다.

무춤

무르춤한 태도로 놀라거나 머쓱해서 하던 짓을 갑자기 멈추는 꼴을 나타내는 말.

● **외로워야 한다** 쇠새같이 벌떡 솟구쳐 일어난 나는 산모롱이를 돌아갔다. 그리고 우편물 받는 통이 놓인 데까지 내려가다가 무춤하였다. 반듯하게 꼭 닫아 두었던 녹슨 철대문이 활짝 열려 있는 것이었다. 어떤 급수 낮은 하늘 밑에 벌레가 뜯어가 버린 것이었다.

물총새같이 벌떡 솟구쳐 일어난 나는 산모롱이를 돌아갔다. 그리고 우편물 받는 통이 놓인 데까지 내려가다가 갑자기 멈췄다. 반듯하게 꼭 닫아 두었던 녹슨 철대문이 활짝 열려 있는 것이었다. 어떤 급수 낮은 하늘 밑에 벌레가 뜯어가 버린 것이었다.

퍼들껑

새가 날개를 치는 소리.

● **외로워야 한다** 내가 바랑끈을 풀고 있는 곳은 산속이다. 퍼들껑—퍼들껑— 번뇌 많은 중생 발걸음 소리에 놀란 멧새들 깃 치는 소리에 눈을 들면 저만치 이마를 찔러 오는 용문산으로, 깊은 산속이라고 할 수는 없어도 가히 짖는 소리 닭 우는 소리 그리고 장서방네 셋째아들과 이 서방네 넷째아들이 티끌 같은 주먹셈 놓고 아귀다툼하는 소리도 들리지 않는 곳이다.

내가 바랑끈을 풀고 있는 곳은 산속이다. 새가 날개 치는 소리 퍼들껑—퍼들껑— 번뇌 많은 중생 발걸음 소리에 놀란 멧새들 깃 치는 소리에 눈을 들면 저만치 이마를 찔러 오는 용문산으로, 깊은 산속이라고 할 수는 없어도 개 짖는 소리 닭 우는 소리 그리고 장서방네 셋째아들과 이 서방네 넷째아들이 티끌 같은 머릿 속으로 하는 셈으로 아귀다툼하는 소리도 들리지 않는 곳이다.

멧그리메

산 그림자.

● **외로워야 한다** 맴돌아 산이다. 눈물 같은 멧그리메 발등 덮는 산길 거닐며 사람이라는 이름으로 살아가는 하늘 밑에 벌레들이 살아온 발자취를 생각한다.
울며 매달리시던 홀어머니 손 뿌리치고 신새벽 산길을 이슬방울 훔치며 허위단심 올라갔던 것이 50여 년 전인데, 먼 길 돌아 다시 왔다.

맴돌아 산이다. 눈물 같은 산 그림자 발등 덮는 산길 거닐며 사람이라는 이름으로 살아가는 하늘 밑에 벌레들이 살아온 발자취를 생각한다.
울며 매달리시던 홀어머니 손 뿌리치고 신새벽 산길을 이슬방울 훔치며 허우적거리며 올라갔던 것이 50여 년 전인데, 먼 길 돌아 다시 왔다.

자숫물

개숫물.

● **외로워야 한다**　　달구리에 일어나 세수하고 머리 빗고 향불을 사뤄 올린 다음 정화수 한 보시기 받쳐 놓은 장독대 소반 앞에 오체투지五體投地로 엎드려 비나리를 하는 것으로 하루를 비롯하는 게 다 그것이었다. 물 한 바가지를 버리는 데도 법도가 있었다. 갓 시집온 새댁이 설거지를 한 자숫물을 마당에 함부로 버리면 여간 걱정을 듣는 게 아니었다. 뜨거운 물을 함부로 버리면 땅 밑에 사는 벌레들이 다친다는 것이었다.

새벽닭이 울 무렵에 일어나 세수하고 머리 빗고 향불을 살라 올린 다음 정화수 한 사발 받쳐 놓은 장독대 소반 앞에 오체투지五體投地로 엎드려 행복을 비는 말을 하는 것으로 하루를 시작하는 게 다 그것이었다. 물 한 바가지를 버리는 데도 법도가 있었다. 갓 시집온 새댁이 설거지를 한 개숫물을 마당에 함부로 버리면 여간 걱정을 듣는 게 아니었다. 뜨거운 물을 함부로 버리면 땅 밑에 사는 벌레들이 다친다는 것이었다.

옹골진

완전한.

● **외로워야 한다** 평등과 자유가 남김없이 이루어진 옹골진 누리를 만들어 내야 한다는 겨레의 꿈을 담아내고 있다. 그렇게 옹골진 누리를 맡아 다스리는 사람 또는 그런 뒤뜻으로 그려졌던 것이 용이었다. 가장 아름답고 훌륭한 누리로 꼽는 것이 용궁이다. 용궁을 다스리는 것은 용왕이다. 임금이 앉는 자리를 용상이라 하고, 임금이 입는 갖춘차림을 곤룡포라고 하는 것도 다 여기서 비롯된다.

평등과 자유가 남김없이 이루어진 완전한 누리를 만들어 내야 한다는 겨레의 꿈을 담아내고 있다. 그렇게 완전한 누리를 맡아 다스리는 사람 또는 그런 속뜻으로 그려졌던 것이 용이었다. 가장 아름답고 훌륭한 누리로 꼽는 것이 용궁이다. 용궁을 다스리는 것은 용왕이다. 임금이 앉는 자리를 용상이라 하고, 임금이 입는 갖춘차림을 곤룡포라고 하는 것도 다 여기서 비롯된다.

산돌림

이리저리 옮겨 다니면서 한 줄기씩 오는 소나기. 산기슭으로 내리는 소나기.

● 외로워야 한다　　산돌림이라도 한 줄금 하시려는가. 이마를 때리는 용문산 위로 매지구름 떴다. 마을은 시오 리쯤 떨어져 있고 마을에서 다시 오 리쯤 내려가야 읍내와 소재지로 가는 아스팔트 이차선 도로가 나온다. 오른쪽으로 가면 홍천·횡성이고 왼쪽으로 가면 용문·양평 거쳐 서울이 나온다.

산기슭으로 내리는 소나기라도 한 줄기 하시려는가. 이마를 때리는 용문산 위로 비를 몰아오는 검은 구름 떴다. 마을은 십오 리쯤 떨어져 있고 마을에서 다시 오 리쯤 내려가야 읍내와 소재지로 가는 아스팔트 이차선 도로가 나온다. 오른쪽으로 가면 홍천·횡성이고 왼쪽으로 가면 용문·양평 거쳐 서울이 나온다.

이마적

지나간 얼마 동안 가까운 때. 요즈음.

● **외로워야 한다** 마을을 지나면 쌀에 뉘 섞이듯 띄엄띄엄 서울에서 내려온 사람들이 사는 까대기 같은 조립식 양옥들이 보일 뿐 아주 고즈넉한 풍경이었다. 그런데 이마적 산자락 사이 우금 속에 무슨 팬션이라는 것이 앞장서고 산자락 따라 여기저기 낯선 집들이 뒤따르면서 집터 다지는 쇠물레 소리 멧새들 쫓아낸다.

마을을 지나면 쌀에 뉘 섞이듯 띄엄띄엄 서울에서 내려온 사람들이 사는 가건물 같은 조립식 양옥들이 보일 뿐 아주 고요하고 쓸쓸한 풍경이었다. 그런데 요즈음 산자락 사이 골짜기 속에 무슨 팬션이라는 것이 앞장서고 산자락 따라 여기저기 낯선 집들이 뒤따르면서 집터 다지는 로라 소리 멧새들 쫓아낸다.

아로롱다로롱

여기저기 드문드문 고르지 않게 아롱진 모양. 아롱다롱.

● **외로워야 한다** 봉선사에 있을 때였다. 조실채 마당 가에는 앵두나무가 여러 그루 있었는데 빨가장이 익은 앵두가 아로롱다로롱 매달려 있는 것을 보면 공연히 코허리가 시큰하여지면서 무슨 까닭으로 그리고 또 서러워지는 것이었다.'앵두나무 우물가에 동네 처녀 바람났네'하고 나가는 저 오십 년대 유행가 구절이 떠오르면서 두근 반 세근 반 두방망이질 치는 가슴으로 달려가게 되는 옛살라비였다.

봉선사에 있을 때였다. 조실 스님이 머무는 건물 마당 가에는 앵두나무가 여러 그루 있었는데 빨갛게 익은 앵두가 아롱다롱 매달려 있는 것을 보면 공연히 코허리가 시큰하여지면서 무슨 까닭으로 그리고 또 서러워지는 것이었다.'앵두나무 우물가에 동네 처녀 바람났네'하고 나가는 저 오십 년대 유행가 구절이 떠오르면서 두 근 반 세 근 반 두방망이질 치는 가슴으로 달려가게 되는 고향이었다.

종구라기

조그마한 바가지.

● **외로워야 한다** 우렁이 캐고 고동 줍던 논이며 둠벙 막아 종구라기 가득 건져 올리던 추라치에 붕어와 미꾸라지 보리새우며, 굴풋한 속을 달래 주던 참외서리 콩서리였다. 가을이면 밀밭 돌며 한 주먹 가득 입에 넣고 씹어 질근거리던 밀껌이었고, 뒷산에서 여우가 울던 긴긴 겨울밤이면 동치미 꺼내다 먹으며 듣던 할머니 옛날이야기였다.

우렁이 캐고 고동 줍던 논이며 둠벙 막아 작은 바가지 가득 건져 올리던 큰 송사리에 붕어와 미꾸라지 보리새우며, 헛헛한 속을 달래 주던 참외서리 콩서리였다. 가을이면 밀밭 돌며 한 주먹 가득 입에 넣고 씹어 질근거리던 밀껌이었고, 뒷산에서 여우가 울던 긴긴 겨울밤이면 동치미 꺼내다 먹으며 듣던 할머니 옛날이야기였다.

시쁘다

마음에 차지 않아 시들하다. 껄렁하여 대수롭지 않다.

● **외로워야 한다** 그러던 어느 날이었다. 조실 스님이 나오더니 이렇게 말하였다.

"그거 따 먹으면 안 되넌디……."

힐끗 돌아다본 여자사람 하나이 시쁘다는 낯빛으로 "왜 안 되는데요?"하고 말하였고, 조실 스님이 손사래를 치었다.

"그거 약 친 건디."

"네에?"

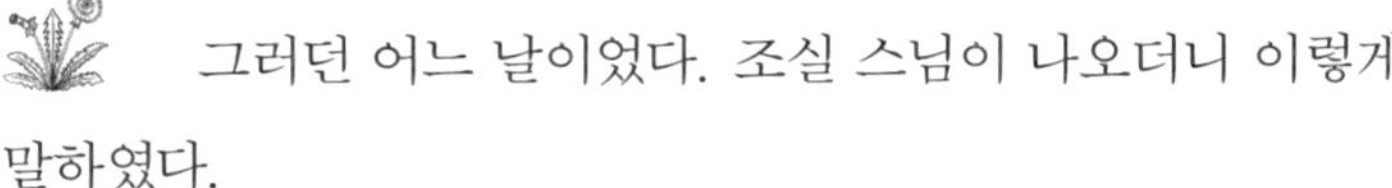

그러던 어느 날이었다. 조실 스님이 나오더니 이렇게 말하였다.

"그거 따 먹으면 안 되는데……."

힐끗 돌아다본 여자 하나가 대수롭지 않은 낯빛으로 "왜 안 되는데요?"하고 말하였고, 조실 스님이 손사래를 쳤다.

"그거 약 친 건데."

"네에?"

부대기

화전민

● **외로워야 한다**　　이곳에 바랑을 푼 지 여덟 해 되었다. 본디 부대기들이 살던 곳으로 70년대 정부에서 부대기들을 하산시키고 부대앝에 잣나무를 심었던 곳이다. 부대기들이 옥수수와 서속을 심고 산골물 끌어다가 손바닥만 한 다랑논도 풀며 멧짐승 잡아 살던 곳이다.

이곳에 정착한 지 여덟 해 되었다. 본디 화전민들이 살던 곳으로 70년대 정부에서 화전민들을 하산시키고 화전에 잣나무를 심었던 곳이다. 부대기들이 옥수수와 기장과 조를 심고 산골 물을 끌어다가 손바닥만 한 다랑논을 만들며 멧짐승 잡아 살던 곳이다.

숲정이

마을 근처에 있는 수풀.

● **외로워야 한다** 　인연은 끝났어도 정은 아직 남아 있고 노래는 끝났어도 가락은 아직 남아 있는 것인가. 마을로 내려가는 길 빼놓고는 삼면이 죄 국유림으로 둘러싸인 여기는 이 사람 같은 비승비속非僧非俗짜리가 망상번뇌하기 딱 좋은 곳이다. 지리산이나 설악산만은 못하지만 잣나무 참나무 덤부렁듬쑥한 숲정이라서 그런대로 산중 내음이 난다.

　인연은 끝났어도 정은 아직 남아 있고 노래는 끝났어도 가락은 아직 남아 있는 것인가. 마을로 내려가는 길 빼놓고는 삼면이 죄 국유림으로 둘러싸인 여기는 이 사람 같은 중도 아니고 속인도 아닌 사람이 망상번뇌하기 딱 좋은 곳이다. 지리산이나 설악산만은 못하지만 잣나무 참나무 들이 많이 우거진 마을 근처 숲이라서 그런대로 산중 내음이 난다.

뱝뛰다

깡충깡충 뛰다.

● 외로워야 한다 참새도 날아오고 박새도 날아오고 어치도 날아오고 까마귀며 까치도 날아오고 멧꿩도 날아오고 졸밤이며 잣 찍는 청설모에 한여름 밤에는 몇 점 반딧불도 보이는데, 반비알진 산자락 일구어 뿌려 둔 열무며 상추 쑥갓 아욱 배추 고춧잎 뜯어 먹던 고라니는 또 뱝뛰어 간다.

참새도 날아오고 박새도 날아오고 어치도 날아오고 까마귀며 까치도 날아오고 멧꿩도 날아오고 졸밤이며 잣 찍는 청설모에 한여름 밤에는 몇 점 반딧불도 보이는데, 반쯤 비탈진 산자락 일구어 뿌려 둔 열무며 상추 쑥갓 아욱 배추 고춧잎 뜯어 먹던 고라니는 또 깡충깡충 뛰어 간다.

무자치

물뱀.

● **외로워야 한다** 온몸이 황금빛으로 눈부시던 족제비는 보았는데 지리산 자락에 사는 이가 갖다 준 토종닭 열세 마리만 물어간 다음 다시는 보이지 않는다. 눈자라기 오줌발처럼 졸졸거리는 실개울 물 찍어먹다가 마당 가 바윗전에서 해바라기 하는 무자치는 보이지만 그 흔하던 살무사 까치독사는 그만두고 능구렁이 한 마리 보이지 않는다.

온몸이 황금빛으로 눈부시던 족제비는 보았는데 지리산 자락에 사는 이가 갖다준 토종닭 열세 마리만 물어간 다음 다시는 보이지 않는다. 제대로 앉지도 못하는 어린애의 오줌발처럼 졸졸거리는 실개울 물 찍어먹다가 마당 가 바윗가에서 햇볕을 쬐는 물뱀은 보이지만 그 흔하던 살무사 까치독사는 그만두고 능구렁이 한 마리 보이지 않는다.

꺼병이

꿩 어린 새끼. 늙은 수꿩은 '덜께끼'라 함.

● **외로워야 한다** 그나마 흔하게 눈에 띄던 고라니며 덜께끼 꺼병이와 청설모에 어치 까막까치도 요즘에는 잘 보이지 않으니, 황사 탓인가. 몇 해 전부터 썩은 건강음료 빛으로 목 따갑게 하는 황사바람이다.

그나마 흔하게 눈에 띄던 고라니며 늙은 수꿩과 꿩의 어린 새끼와 청설모에 어치 까막까치도 요즘에는 잘 보이지 않으니, 황사 탓인가. 몇 해 전부터 썩은 건강음료 빛으로 목 따갑게 하는 황사바람이다.

날치싸움

빨치산 싸움. 유격전.

● **외로워야 한다** 살아남은 승군 가운데 한 도막은 두물머리 건너 황해도 평안도 거쳐 압록강 건너 만주로 가서 봉오동·청산리 싸움 거쳐 독립군이 되었고, 한 도막은 제천 쪽 의병들 찾아간다며 우벗고개 넘어가 날치싸움 벌이다 산벚꽃처럼 떨어져 갔던 것이다.

살아남은 승군 가운데 한 도막은 두물머리 건너 황해도 평안도 거쳐 압록강 건너 만주로 가서 봉오동·청산리 싸움 거쳐 독립군이 되었고, 한 도막은 제천 쪽 의병들 찾아간다며 우벗고개 넘어가 빨치산 싸움 벌이다 산벚꽃처럼 떨어져 갔던 것이다.

헛거미

환영.

● **외로워야 한다** 흐느끼다가 소리쳐 울부짖는 것 같은 그 소리는 수천수만 양족중생兩足衆生들이 질러 대는 외마디소리였다. 쭈뼛하고 배코 친 머리칼 밑뿌리가 마른하늘로 솟구쳐 오르면서 누더기 동방아 속 '난닝구'가 축축하게 젖어 왔고, 귀울음인가? 아니면 눈에 헛거미가 잡히어서보이는 곡두? 힘껏 도머리를 치고 나서 다시 끊어졌던 화두를 미좇아 가는데, 으으.

흐느끼다가 소리쳐 울부짖는 것 같은 그 소리는 수천수만 사람이 질러 대는 외마디소리였다. 쭈뼛하고 배코 친 머리칼 밑뿌리가 마른하늘로 솟구쳐 오르면서 누더기 승복 속 '런닝셔츠'가 축축하게 젖어 왔고, 귀울음인가? 아니면 눈에 환영이 잡히어서 보이는 환상? 힘껏 머리를 흔들고 나서 다시 끊어졌던 화두를 뒤좇아 가는데, 으으.

구구빨치

왜제 때 입산한 유격대. 해방 뒤 입산한 유격대는 '구빨치', 6 · 25 뒤 입산한 유격대는 '신빨치', 스무 살이 안 된 소년 소녀 유격대는 '애빨치'.

● **외로워야 한다** 말로만 듣던 구구빨치도 있고 구빨치도 있으며 신빨치도 있고 애빨치도 있는데 피범벅 된 젖무덤 끌어안고 찢어발겨진 광목이나 소청 부끄리개 사이로 허연 알궁둥이 치켜든 채 엎드려 있는 것은 작식대라는 이름으로 인민유격대 싸울아비들 이바지하던 농투산이 아낙네들이었다.

말로만 듣던 일제 강점기 빨치산도 있고 해방 뒤 입산한 빨치산도 있으며 한국전쟁 때 입산한 빨치산도 있고 스무 살도 안 된 빨치산도 있는데 피범벅 된 젖무덤 끌어안고 찢어발겨진 광목이나 거친 면직물로 만든 속바지 사이로 허연 알궁둥이 치켜든 채 엎드려 있는 것은 밥 짓는 유격대라는 이름으로 인민유격대 전사들 이바지하던 농투산이 아낙네들이었다.

당취

승려들 비밀결사.

● **외로워야 한다** 저 신라 적 붉은바지 농민군도 있고, 임진왜란 때 의병도 있고, 갑오년에 개남장開南將 밑에서 가장 기운차게 싸웠던 동학군도 있고, 일해대사一海大師 서장옥徐璋玉 밑에서 홀로된 부대를 이루고 있던 당취들도 있고, 왜제의 남조선대토벌작전에 밀려 죽어간 구한말 의병도 있었는데, 그이들 붉은 정강이 다리통 사이로 얼굴을 들이밀며 울부짖는 관군·왜구·왜병·미군·국방군·경찰관들인 것이었다.

저 신라 적 붉은바지 농민군도 있고, 임진왜란 때 의병도 있고, 갑오년에 김개남 장군 밑에서 가장 기운차게 싸웠던 동학군도 있고, 일해대사一海大師 서장옥徐璋玉 밑에서 홀로된 부대를 이루고 있던 승려들의 비밀결사도 있고, 일제의 남조선대토벌작전에 밀려 죽어간 구한말 의병도 있었는데, 그이들 붉은 정강이 다리통 사이로 얼굴을 들이밀며 울부짖는 관군·왜구·왜병·미군·국방군·경찰관들인 것이었다.

다옥하게

무성하게.

● **외로워야 한다** 가득 차면 기울고, 다옥하게 푸르던 잎은 시들며, 겨울이 가면 봄이 온다. 어떤 종교 또는 철학의 가르침을 말하자는 것이 아니다. 이른바 문명이 그렇다. 공포의 질주를 이어 가고 있는 컴퓨터와 유전공학 발달이 그것을 똑똑히 나타내 주고 있기 때문이다. 인류사적 · 문명사적으로 크게 뒤바뀌는 마루턱에 와 있다. 기계문명의 끝없는 달음박질에는 가속도가 붙어 한 달 앞이 벌써 옛날이다.

가득 차면 기울고, 무성하게 푸르던 잎은 시들며, 겨울이 가면 봄이 온다. 어떤 종교 또는 철학의 가르침을 말하자는 것이 아니다. 이른바 문명이 그렇다. 공포의 질주를 이어 가고 있는 컴퓨터와 유전공학 발달이 그것을 똑똑히 나타내 주고 있기 때문이다. 인류사적 · 문명사적으로 크게 뒤바뀌는 마루턱에 와 있다. 기계문명의 끝없는 달음박질에는 가속도가 붙어 한 달 앞이 벌써 옛날이다.

듬

질서.

● **외로워야 한다** 김시습(1435~1493)은 테 밖 사람이었다. 세상에서 말하는 방외인方外人이었다. 세상 돌아가는 듬을 받아들이지 않았다. 짜여진 틀걸이에 앙버티며 먹물들이 가던 길 뒤쪽으로만 돌았다. 훈구파와 맞섰고, 사림파와도 뜻을 달리하였다.

김시습(1435~1493)은 경계 밖 사람이었다. 세상에서 말하는 방외인方外人이었다. 세상 돌아가는 질서를 받아들이지 않았다. 짜여진 구조에 앙버티며 먹물들이 가던 길 뒤쪽으로만 돌았다. 훈구파와 맞섰고, 사림파와도 뜻을 달리하였다.

꺼리

소재. 제재.

● **외로워야 한다** 　김시습은 앞서가는 문장이면서 솜씨 좋은 시인이며 또 소설가였다. 그의 시는 꺼리가 여러 가지였고, 새로우며, 그리고 보이는 일에 대하여 밝히고 따지는 마음이 어기찬 것이 남달랐다. 양반들이 삶에서 느끼는 것도 그렸지만, 농군 · 어민같이 힘들게 살아가는 이들 느낌을 많이 그렸으며, 아름다운 조국 자연과 역사에 대해서도 노래하였다.

김시습은 앞서가는 문장이면서 솜씨 좋은 시인이며 또 소설가였다. 그의 시는 제재가 여러 가지였고, 새로우며, 그리고 보이는 일에 대하여 밝히고 따지는 마음이 어기찬 것이 남달랐다. 양반들이 삶에서 느끼는 것도 그렸지만, 농군 · 어민같이 힘들게 살아가는 이들 느낌을 많이 그렸으며, 아름다운 조국 자연과 역사에 대해서도 노래하였다.

몰방질

종포나 폭발물 따위를 한곳을 향해 한꺼번에 쏘거나 터뜨리는 짓.

● **외로워야 한다** 뜰아래 펴 놓은 멍석 가생이를 기어 다니며 땅강아지에 여치 · 풀무치 · 베짱이와 놀던 어린 나는 헉! 숨을 삼키었다. 총소리였다. 몰방질하는 총소리가 귀청을 찢어발기는 것이었다. 사추리에 꼬랑지를 말아 들인 삽살가히가 마룻장 밑으로 숨어들었고, 삼키면서 길게 끄는 가히 울음소리만 높이 떠서 흩어지고 있었다.

뜰 아래 펴 놓은 멍석 가장자리를 기어 다니며 땅강아지에 여치 · 풀무치 · 베짱이와 놀던 어린 나는 헉! 숨을 삼키었다. 총소리였다. 한곳으로 한꺼번에 쏘는 총소리가 귀청을 찢어발기는 것이었다. 사타구니에 꼬랑지를 말아들인 삽살개가 마룻장 밑으로 숨어들었고, 삼키면서 길게 끄는 개 울음소리만 높이 떠서 흩어지고 있었다.

얄망궂다

괴이쩍고 까다로워 얄밉다.

● **외로워야 한다** 맨 처음 떠오르는 그림이 총소리라는 것이 얄망궂다. 꼭 무슨 팔자속인 것만 같아 눈앞이 부우옇게 흐려오니, 살매인가. 전정前定된 명운命運 말이다. 저 불교에서 말하는 카르마 같은 것. 그것으로부터 이 중생 살매는 비롯되었으니까. 아직 이빨도 다 솟지 않은 네 살짜리 어린 것 넋을 갈기갈기 찢어발기던 그 총소리 말이다.

맨 처음 떠오르는 그림이 총소리라는 것이 괴이쩍고 얄밉다. 꼭 무슨 팔자 속인 것만 같아 눈앞이 부우옇게 흐려오니, 운명인가. 미리 정해진 운명 말이다. 저 불교에서 말하는 카르마 같은 것. 그것으로부터 이 중생 운명은 시작되었으니까. 아직 이빨도 다 솟지 않은 네 살짜리 어린 것 넋을 갈기갈기 찢어발기던 그 총소리 말이다.

가멸지다

재산이 넉넉하고 많다.

● **외로워야 한다** "사생死生은 유명有命이요, 부귀富貴는 재천在天이니라."
죽고 삶은 운명에 있고, 살림살이가 가멸지고 차고앉는 자리가 높아지는 것은 하늘에 있다고 자하子夏께서는 말씀하셨다는데, 아! 운명이라는 것은 무엇인가? 목숨이라는 것은 무엇인가?

"사생死生은 유명有命이요, 부귀富貴는 재천在天이니라."
죽고 삶은 운명에 있고, 살림살이가 넉넉하고 차고앉는 자리가 높아지는 것은 하늘에 있다고 자하子夏께서는 말씀하셨다는데, 아! 운명이라는 것은 무엇인가? 목숨이라는 것은 무엇인가?

열쭝이

겨우 날기 시작한 어린 새.

● **외로워야 한다** 이제 겨우 종짓굽이 떨어진 열쭝이 머리통은 터져 버릴 것만 같았다. 아무리 파고들며 깊고 넓게 생각하고 또 생각해 봐도 알아낼 도리가 없었다. 처음부터 땅띔도 할 수 없는 하늘이었고 바다였으며 그리고 집채만한 너럭바위였다. 캄캄칠통 흑암이었으니, 죽음이었다. 풀리지 않는 화두였다.
사람은 왜 죽어야 하는가? 그것도 제 뜻에서가 아니라 다른 사람들 뜻에 따라서 죽임을 당해야만 하는가?

이제 겨우 종지뼈 언저리가 떨어져 간신히 날기 시작한 어린 새의 머리통은 터져 버릴 것만 같았다. 아무리 파고들며 깊고 넓게 생각하고 또 생각해 봐도 알아낼 도리가 없었다. 처음부터 조금도 알아낼 수 없는 하늘이었고 바다였으며 그리고 집채만한 너럭바위였다. 캄캄칠통 흑암이었으니, 죽음이었다. 풀리지 않는 화두였다.
사람은 왜 죽어야 하는가? 그것도 제 뜻에서가 아니라 다른 사람들 뜻에 따라서 죽임을 당해야만 하는가?

무룡태

능력은 없고 그저 착하기만 한 사람.

● **외로워야 한다** 옷차림만 달랐던 것이 아니라 서로 혼인을 안 하였다. 노론은 노론끼리, 소론은 소론끼리만 하였고, 문관은 문관끼리, 무관은 무관끼리만 하였다.
노론은 조금 수더분하나, 무룡태가 많았다고 한다.

옷차림만 달랐던 것이 아니라 서로 혼인을 안 하였다. 노론은 노론끼리, 소론은 소론끼리만 하였고, 문관은 문관끼리, 무관은 무관끼리만 하였다.
노론은 조금 수더분하나, 무능력하고 착한 사람이 많았다고 한다.

354

겨린

살인범 이웃 사람이나 범죄 현장 근처로 지나가던 사람.

● **외로워야 한다**　　두억시니 같은 백골단 몽치에 맞아 박 터지는 소리 낭자한 가운데 제헌의회그룹에 뒤섞여 줄달음질치던 끝에 정신을 차려 보니 남산 팔각정 앞이었다. 64년 처음 서울에 왔을 때 시립도서관을 가노라 올랐던 곳을 20여 년 만에 다시 오르게 된 것이었다. 겨린 잡혀가 신원조회에 걸리지 않고자 필사적으로 '젊은 그들'과 '백골단 관군' 사이를 빠져나온 것이었다.

모질고 악한 귀신같은 백골단의 몽둥이에 맞아 박 터지는 소리 낭자한 가운데 제헌의회그룹에 뒤섞여 줄달음질치던 끝에 정신을 차려 보니 남산 팔각정 앞이었다. 64년 처음 서울에 왔을 때 시립도서관을 가느라 올랐던 곳을 20여 년 만에 다시 오르게 된 것이었다. 범죄 현장 곁을 지나던 사람으로 잡혀가 신원조회에 걸리지 않고자 필사적으로 '젊은 그들'과 '백골단 관군' 사이를 빠져나온 것이었다.

눈엣가시

첩.

● **외로워야 한다** 황진이黃眞伊라는 시인이 있었다. 마흔 안팎 짧은 삶이었다고 한다. 송도松都에 살던 어떤 진사짜리 눈엣가시한테서 태어났다고 한다. 장님 딸이었다고도 하고 아랫것한테서 태어난 중치막짜리 숨겨진 아이라고도 한다. 한마디로 번듯한 집안 출신이 아니라는 말이다. 언제 태어나서 언제 땅보탬되었는지도 모른다. 그 아낙과 사귀었던 남정들로 봐서 중종·명종 때 사이였을 것이라는 짐작만 할 수 있을 뿐이다.

황진이黃眞伊라는 시인이 있었다. 마흔 안팎 짧은 삶이었다고 한다. 송도松都에 살던 어떤 진사짜리 첩한테서 태어났다고 한다. 장님 딸이었다고도 하고 아랫것한테서 태어난 벼슬 없는 선비의 숨겨진 아이라고도 한다. 한마디로 번듯한 집안 출신이 아니라는 말이다. 언제 태어나서 언제 죽었는지도 모른다. 그 아낙과 사귀었던 남정들로 봐서 중종·명종 때 사이였을 것이라는 짐작만 할 수 있을 뿐이다.

동곳을 빼다

힘이 모자라서 복종하다. '동곳'은 '상투를 튼 뒤에 그것이 다시 풀어지지 아니하도록 꽂는 물건'을 이른다.

● **외로워야 한다** '소양곡을 보내며送別蘇陽谷'이니, 한양에서 온 소양곡이라는 중치막짜리와 헤어짐을 아쉬워하는 시이다. 그래봤자 송도 촌구석 하가마짜리에 내가 동곳을 뺄 수야 없지. 큰소리치며 내려온 '음료수업계 고수'라지만 '사무치는 정은 길고 긴 물결처럼'이라는 끝 구절에 그만 숨이 막혀 버린다.

'소양곡을 보내며送別蘇陽谷'이니, 한양에서 온 소양곡이라는 벼슬 없는 선비와 헤어짐을 아쉬워하는 시이다. 그래봤자 송도 촌구석 기생에게 내가 복종할 수야 없지. 큰소리치며 내려온 '음료수업계 고수'라지만 '사무치는 정은 길고 긴 물결처럼'이라는 끝 구절에 그만 숨이 막혀 버린다.

명자리

급소.

● **외로워야 한다** 이 시조에서 명자리는 세 군데이니— '한 허리를 버혀 내어'와 '서리서리 넣었다가'와 '구뷔구뷔 펴리라'가 그것이다. 밤 길이가 가장 긴 것이 동지冬至이다. 기나긴 동짓달 밤에 반드시 올 님을 기다리는 아낙 마음은 고빗사위에 이른다. 황진이는 냅뜰성 있는 아낙이다. 그리고 힘껏 나서는 사람이다. 오지 않는 님을 기다리며 긴긴 밤 눈물바람이나 하는 그런 암띤 아낙이 아니다.

이 시조에서 급소는 세 군데이니— '한 허리를 버혀 내어'와 '서리서리 넣었다가'와 '구뷔구뷔 펴리라'가 그것이다. 밤 길이가 가장 긴 것이 동지冬至이다. 기나긴 동짓달 밤에 반드시 올 님을 기다리는 아낙 마음은 가장 아슬아슬한 순간에 이른다. 황진이는 능동성 있는 아낙이다. 그리고 힘껏 나서는 사람이다. 오지 않는 님을 기다리며 긴긴 밤 눈물바람이나 하는 그런 수동적인 아낙이 아니다.

부닐다

가까이 따르며 붙임성 있게 굴다.

● **외로워야 한다** 전해 내려오는 이야기에서 서경덕과 지족선사를 맞대 놓고 저울질 하는 것이 있는데— 황진이라는 뛰어나게 아름다운 아낙이 몇날며칠 부닐어도 서경덕은 옅은 웃음기만 머금을 뿐 황진이 몸에 손끝 하나 대지 않았다고, 지족선사는 그만 무너졌다고 하니— 산부처 소리를 듣던 큰스님이 정말로 그랬던 것일까?

전해 내려오는 이야기에서 서경덕과 지족선사를 맞대 놓고 저울질하는 것이 있는데— 황진이라는 뛰어나게 아름다운 아낙이 몇 날 며칠 붙임성 있게 굴어도 서경덕은 옅은 웃음기만 머금을 뿐 황진이 몸에 손끝 하나 대지 않았다고, 지족선사는 그만 무너졌다고 하니— 산부처 소리를 듣던 큰스님이 정말로 그랬던 것일까?

따디미

가짜 중.

● **외로워야 한다** “스님 입술 맛이 참 단데요.”
그러자 스님은 옅은 웃음기를 띠며 이렇게 말하는 것이었다.
“늙은 고목나무가 찬 바위에 기대니 삼동三冬에 온기가 없구나.”
처음부터 끝까지 듣고 난 할멈은
“분하도다. 숭악한 따디미에게 속아 십 년 헛공양을 드렸구나.”
소리치며 산으로 올라가 스님을 내쫓고 암자에 불을 질러 버리는 것이었다.

 “스님 입술 맛이 참 단데요.”
그러자 스님은 옅은 웃음기를 띠며 이렇게 말하는 것이었다.
“늙은 고목 나무가 찬 바위에 기대니 삼동三冬에 온기가 없구나.”
처음부터 끝까지 듣고 난 할멈은
“분하도다. 흉악한 가짜 중에게 속아 십 년 헛 공양을 드렸구나.”
소리치며 산으로 올라가 스님을 내쫓고 암자에 불을 질러 버리는 것이었다.

난질

오입. 술과 색에 빠져 방탕하게 놀아나는 짓.

● **외로워야 한다**　　남성의 경우에는 돈이 있고 마음만 내키면 난질을 하고 보쟁이고 지어 룸살롱 호스티스를 달첩으로 두기 위한 계를 묻어도 남성다운 씩씩한 기운으로 받아들여지며 자랑스러운 무용담으로까지 새겨진다. 가장 나쁜 경우에 이른다고 하더라도 하찮은 몸가짐의 실수 또는 더할 나위 없이 개인적인 사생활의 한 조각쯤으로 여겨 문제 삼지 않는다.

남성의 경우에는 돈이 있고 마음만 내키면 오입을 하고 통간하고 심지어 룸살롱 호스티스를 계약첩으로 두기 위한 계를 묻어도 남성다운 씩씩한 기운으로 받아들여지며 자랑스러운 무용담으로까지 새겨진다. 가장 나쁜 경우에 이른다고 하더라도 하찮은 몸가짐의 실수 또는 더할 나위 없이 개인적인 사생활의 한 조각쯤으로 여겨 문제 삼지 않는다.

미립나다

경험을 통해 묘한 이치나 요령이 생기다.

● **외로워야 한다** "불경을 학술적으로 연구하려면— 수재는 30년 걸리고, 둔재는 3백 년 걸린다. 도교는 20년, 유교는 10년, 기독교는 3년이면 미립날 수 있다."
탄허 선사가 한 말이다. 유불선儒佛仙에 밝아 도승 소리를 듣던 이였는데, 역易의 가르침을 들며 놀라운 말을 한 바 있다.

"불경을 학술적으로 연구하려면— 수재는 30년 걸리고, 둔재는 3백 년 걸린다. 도교는 20년, 유교는 10년, 기독교는 3년이면 이치를 깨칠 수 있다."
탄허 선사가 한 말이다. 유불선儒佛仙에 밝아 도승 소리를 듣던 이였는데, 역易의 가르침을 들며 놀라운 말을 한 바 있다.

흰소리

터무니없이 자랑으로 떠벌리는 말. 허풍.

● **외로워야 한다** 오체투지五體投地라고 한다. 두 무릎 · 두 팔꿈치 · 이마 오체를 땅에 붙여 절하는 것을 말한다. 특정 종교에서 하는 의식이라고 여겨 고개를 갸웃거린다면 그것은 참으로 뭘 모르는 사람이다. 옛날부터 우리 동이족 할아버지들이 해 왔던 건강 체조였다. 한족들은 동이를 동쪽 오랑캐라고 하는데, 그것은 민족적 열등감을 감추기 위한 흰소리에 지나지 않고 참으로는 '큰활을 멘 동쪽 사람'이다. 이夷 자를 보면 대궁大弓이 아닌가.

오체투지五體投地라고 한다. 두 무릎 · 두 팔꿈치 · 이마의 오체를 땅에 붙여 절하는 것을 말한다. 특정 종교에서 하는 의식이라고 여겨 고개를 갸웃거린다면 그것은 참으로 뭘 모르는 사람이다. 옛날부터 우리 동이족 할아버지들이 해 왔던 건강 체조였다. 한족들은 동이를 동쪽 오랑캐라고 하는데, 그것은 민족적 열등감을 감추기 위한 허풍에 지나지 않고 참으로는 '큰활을 멘 동쪽 사람'이다. 이夷 자를 보면 대궁大弓이 아닌가.

걸까리지다

몸이 크고 실팍하다.

● **외로워야 한다** 야릇한 꼬락서니의 한 늙은 사내가 재우쳐 다가오고 있는데, 기우뚱—기우뚱— 지축을 울릴 듯 육중한 몸뚱이가 좌우로 크게 기울어지는 것이 똑딴 장사라. 엄장 큰 데다 걸까리진 몸피며 우렁우렁한 목구성이 또 저 갑오년 어름이었다면 개남장開南將과 너나들이하였을 만큼 투구 안 쓴 장수 같다.

야릇한 꼬락서니의 한 늙은 사내가 빨리 다가오고 있는데, 기우뚱—기우뚱— 지축을 울릴 듯 육중한 몸뚱이가 좌우로 크게 기울어지는 것이 똑 닮은 장사라. 덩치가 큰 데다 실팍한 몸통이며 우렁우렁한 목소리가 또 저 갑오년 무렵이었다면 김개남 장군과 친구로 지냈을 만큼, 투구 안 쓴 장수 같다.

덩어리맛

입체감.

● **외로워야 한다** 승복 비스무레한 바지에 누비 동방아를 걸치었으니 중 같은데, 덩어리맛 나는 낯에 걸쳐져 있는 것은 방개딱지만 한 색안경이요, 옛날 요강 단지만 한 머리통을 덮고 있는 것은 주먹만 한 왕방울 달린 빨강 털모자이며 아귀세게 모난 턱 밑 왼쪽 가슴 위로는 또 흰 무명으로 된 턱받이를 달고 있으니, 비승비속이라. 버섯 같은 몸으로 그림자만 다니던 시절이었다.

승복 비슷한 바지에 누비 승복 상의를 걸치었으니 중 같은데, 입체감 나는 낯에 걸쳐져 있는 것은 방개딱지만 한 색안경이요, 옛날 요강 단지만 한 머리통을 덮고 있는 것은 주먹만 한 왕방울 달린 빨강 털모자이며 억세게 모난 턱 밑 왼쪽 가슴 위로는 또 흰 무명으로 된 턱받이를 달고 있으니, 비승비속이라. 버섯 같은 몸으로 그림자만 다니던 시절이었다.

시룽쟁이

실없는 사람.

● **외로워야 한다** 귤 껍데기처럼 우둘투둘한 과녁받이 가득 꾸밈없는 웃음기 담고 시룽쟁이 사내가 다가오는데, 네둘레를 둘러보던 사람들 눈길이 이 중생한테로 쏠린다. 두 손바닥을 곧추세워 합뜨린 이 중생이 허리를 조금 숙이며 "예, 스님."하고 말하였던 것이다. 스님이라고 불린 사람은 보이지 않는데 자기들과 똑같은 저자 사람 하나가 스님처럼 보이는 늙은 사내 부름에 대꾸를 하는 게 이상해서

귤 껍질처럼 우둘투둘한 큰 얼굴 가득 꾸밈없는 웃음기 담고 실없는 사람인 사내가 다가오는데, 사방을 둘러보던 사람들 눈길이 이 중생한테로 쏠린다. 두 손바닥을 곧추세워 합장한 이 중생이 허리를 조금 숙이며 "예, 스님."하고 말하였던 것이다. 스님이라고 불린 사람은 보이지 않는데 자기들과 똑같은 저자 사람 하나가 스님처럼 보이는 늙은 사내 부름에 대꾸를 하는 게 이상해서

쉼터

'한자漢字'는 우리글이다

김성동

'한자漢字'라 하지 않고 '진서眞書'라고 하였습니다. '참글' '진짜글'이라는 뜻에서 일컬었던 '진서'라는 말도 '훈민정음' 곧 '언문諺文'이 만들어지면서부터 쓰이게 되었고, 그냥 '글'이라고 하였지요. "글 읽는다" "글공부한다"는 말은 "진서를 읽는다" "진서를 익힌다"는 말이었던 것입니다.

'한자' 또는 '한문'이라는 말은 왜국 사람들이 만들어 낸 말이올시다. 페리 제독이 이끄는 북미합중국 육전대 울골질을러메기 아래 '메이지유신'을 함으로써 서구 제국주의 '도마름우두머리 마름'이 된 왜국제국주의가 조선에 들어오면서부터 목적의식적으로 퍼뜨린 말인 것입니다.

'한자' '한문' 이리는 것은 중국 한나라 때 만들어진 글자나 그 글자로 이루어진 글월을 말합니다. 한漢나라는 진秦나라 다음에 들어선 나라입니다. 진나라는 진시황秦始皇이 여섯 나라를 일통시켜 세운 중국 맨 처음 일통제국입니다. 그때에 두 가지 커다란 '사달사건'이 있었으니, 주나라 때부터 비롯된 '만리장성' 쌓는 일을 제대로 다그치는 것과 '분서갱유'가 그것입니다. '분서갱유焚書坑儒'란 인민대중들이 글을 깨우침으로써 '슬기샘지혜 밑바탕'이 터져 진시황 '영구집권 시나리오'에 앙버티는기를 쓰고 대항하는 것을 그 밑바탕에서부터 막아내기 위한 것이었습니다. 그래서 공자 가르침을 배우지 못하게 책을 불태우며 유학자 4백60여 명을 산 채로 구덩이에 묻어 버렸던 것이지요.

그런데 '분서갱유'를 했다는 것은 글자가 있었다는 것을 말합니다. 진제국 앞이 주周나라입니다. 주나라 때도 글자가 있었습니다. 주황실이 기울어지면서 여러 제후국諸侯國 사이에 전쟁이 끊이지 않던 3백60년간을 '춘추시대春秋時代' 라고 하는데, 이 시대 역사를 편년체로 적바림기록한 것을 공자孔子가 윤리도덕적 처지에서 꼬집고 고쳐낸 『춘추春秋』를 비롯한 오경五經이 나왔습니다. 주나라 앞이 은殷나라인데, 이때도 글자가 있었습니다. 죽서竹書 목간木簡 금정문金鼎文을 비롯하여 유명짜한 갑골문甲骨文이그것이지요.

이 은나라가 바로 동이족東夷族이 세운 나라였습니다. 동이족 첫한아비인 단군 손자 가륵嘉勒이 세운 나라였습니다. 이 가륵 임금이 신하였던 고글高契에게 명하여 가림토알기 쉬운 표음문자로 가려서 만든 글자로 훈민정음 뿌리 글자 글자에 음운音韻을 만들어 읽는 수를 세상에 알리게 하였던 것입니다. 『태시기太始記』에 이런 적바림이 있습니다.

신지씨神誌氏는 천황天皇 명을 출납하는 일을 하였는데, 그때까지 글자가 없어 적어 둘 수가 없었다. 하루는 사냥을 나갔다가 놀라 달아나는 암사슴을 보고 활을 쏘았으나 놓치고 말았다. 그래서 사방으로 헤매며 찾느라 산 넘고 물 건너 편편한 모래밭에 이르렀다. 이때 비로소 암사슴이 뛰어간 발자국을 보고 그 '갈피이치'를 알게 되었다. 이에 고개를 끄덕이며 깊이 생각하고 말하기를 "적는 수는 오직 이 길밖에 없구나." 사냥을 마치고 돌아와 되풀이 하여 생각한 끝에 글자 만드는 수를 터득하게 되었으니 이것이 바로 옛 글자 비롯됨이다.

왜국제국주의자들이 '글'이나 '진서'라 하지 않고 '한자'·'한문'이라고 한 데는 까닭이 있으니, 우리 겨레 기나긴 역사를 뭉개버리고자 했던 것이 그것입니다. 자기네 역사보다 여러 천 년 앞서부터 이어졌던 단군조선檀君朝鮮 역사를 '신화神話'라 하여 없애 버리고자 우리 겨레가 만들어 낸 글, 곧 진서를 중국 한나라 때 만들어진 것으로 했던 것이지요, 중국 또한 진서를 한족漢族이 만든 것으로 하더니 이제는 '고구리 역사'마저 당제국 지방정권으로 만들어 버린 '동북공정東北工程 프로젝트'를 끝마친 지 오래입니다.

-『천자문 쓰기』 2004년 5월

색인

ㄱ

ㄴ

ㄷ

ㅁ

ㅂ

ㅅ

ㅇ

ㅈ

ㅊ

ㅋ

ㅌ

ㅍ

ㅎ